W0398739

Sie spricht, sie säuft, sie nervt: Diese Katze ist ein Star. Ein freiwilliger Roman über eine unfreiwillige WG.

Carsten Wunn wurde 1967 in Meerbusch-Büderich geboren und wuchs in Korbach, der Metropole des Landkreises Waldeck-Frankenberg, sowie in Hannover auf. Er studierte Sozialarbeit in Heidelberg und veröffentlichte Kurzgeschichten in Zeitschriften und im Internet. Mit dem von ihm in seinem ersten Roman »Kniesel und ich« beschriebenen Pelztier ist er weder verwandt noch verschwägert, so aber doch persönlich bekannt. Trotzdem und zum Glück ist sein Buch jedoch keinesfalls autobiographisch.

Unsere Adresse im Internet: *www.fischerverlage.de*

Carsten Wunn

Kniesel und ich

Ein Pelztier-Roman

Fischer Taschenbuch Verlag

Originalausgabe

Veröffentlicht im Fischer Taschenbuch Verlag,
einem Unternehmen der S. Fischer Verlag GmbH,
Frankfurt am Main, Januar 2008

© S. Fischer Verlag GmbH, Frankfurt am Main, 2008
Satz: Pinkuin Satz und Datentechnik, Berlin
Druck und Bindung: Nørhaven Paperback A/S, Viborg
Printed in Denmark
ISBN 978-3-596-17553-6

Für Kirsten

In Erinnerung
an meinen lieben Freund Guido

Inhalt

Das Pelztier tritt auf

Es war einmal ein Mann. Jung, ungebunden, katzenlos. Das war ich vor sieben Jahren.
Ich hatte gerade mein Studium (zentralniedersächsische Philosophie des Spätmittelalters an der FH Empelde) mit Auszeichnung bestanden. Meine Diplomarbeit zum Thema »Philosophische Betrachtung der kognitiven Ergotherapie im Landkreis Hannover des 14. Jahrhunderts« hatte ein brandheißes Eisen angefasst und war überregional erfolgreich gewesen. Die Welt schien mir zu Füßen zu liegen und die Zukunft rosig zu sein.
Ich verfügte über eine wunderschöne helle Zwei-Zimmer-Wohnung im hannoverschen Stadtteil Bothfeld. Sie war mein Domizil, dort war ich glücklich. Der glücklichste Mensch der Welt, wie mir schien.
Das Einzige, das mir vielleicht noch fehlte, war eine adäquate Partnerin. Aber auch das schien mir nur eine Frage der Zeit zu sein.

Doch dann geschah etwas, das mein Leben komplett verändern sollte.

Es war Mai. Laue Frühlingsluft wehte durch ein geöffnetes Fenster in meine Wohnung. Gerade wollte ich zur Feier des Tages ein Gläschen Sekt trinken, als es klingelte.
Ich ging zur Tür. Leise lächelte ich in mich hinein, denn ich erwartete Besuch. Besuch von der schönsten Frau des gesamten Stadtteils. Inkompetentia Becker, gemeinsam mit ihrer Schwester Omnipotentia die Traumfrau aller Bothfelder. Im Übrigen war sie auch gar nicht inkompetent, sie hieß nur einfach so. In Bothfeld kein unüblicher Name.
Ich öffnete.

Die Person vor der Tür war definitiv nicht Inkompetentia.
Vor mir stand ein Tier.
Ein kleines Tier.
Eine grau getigerte kleinwüchsige Katze.
In der rechten Pfote hielt sie eine Dose mit der Aufschrift »Deutsche Pelztiermission«.
»Bitte eine Spende! Bitte eine Spende für Pelztiere in Not!«
Sie rasselte mit der Dose.
Ich staunte. Die konnte ja sprechen. »Ich habe gerade kein Kleingeld«, antwortete ich verdutzt.
»Kein Problem. Ich helfe dir suchen.«
Schon stand sie in meiner Wohnung.

»Nicht übel hast du's hier.«
Das Pelztier nickte anerkennend mit dem Kopf.
»Ich heiße Kniesel«, sagte es und reichte mir seine Pfote.
Ich ergriff sie nicht.
»Carsten«, murmelte ich abweisend.
Kniesel übergab mir einen Brief.
Er kam von Elfi. Elfi war mein ehemaliger Kater, der angeblich nach Amerika ausgewandert war.
Der Brief kam aus Mellendorf.
»Bitte nimm diese Katze in deine Wohnung auf. Es ist meine Cousine zwölften Grades. Sie ist zwar ein wenig einfältig, aber freundlich. Sie wird dir keine großen Probleme bereiten.« So schrieb Elfi.
Unterschrieben hatte er mit Elfi Wunn, Geschäftsführer der Aktion »Pelztiere in Not n.n.e.V.d.a.g.s.b.e.w.« (noch nicht eingetragener Verein, der aber ganz sicher bald eingetragen wird). Elfi hatte es also zu etwas gebracht, auch wenn mir der Verein ein wenig halbseiden erschien.
Ich taxierte die kleine Katze. Besonders ansehnlich schien sie mir nicht, und Körperhygiene schien auch nicht wirklich ihre Stärke zu sein. Ihr Fell war struppig, und ich erblickte mit bloßem Auge und auf Anhieb locker zweiundzwanzig Löcher in ihrem Pelz.
Inzwischen hatte sie es sich auf meinem Sofa bequem gemacht und mit der Fernbedienung den Verkaufssender QVC eingeschaltet. Gerade wurde ein Perlenkollier vorgestellt.
»Kann ich das haben?«, fragte sie.

»Nein«, meine Antwort kam schnell und schroff.
»Dann will ich eine Fanta!«
Sie hatte bereits die auf dem Tisch stehende Erdnussdose geöffnet und den Inhalt über den Fußboden verstreut.
»Kriegst du Premiere?«
Ich antwortete nicht. Warum duzte mich dieses Tier eigentlich? Waren wir etwa miteinander befreundet?
Plötzlich und ohne Vorwarnung gab sie einen lang gezogenen Schrei von sich.
»96 olé, olé, olé«, sang sie dann.
Sie hatte umgeschaltet und sah sich auf NDR einen Bericht über Hannover 96 an.
Ich jubelte nicht. Die Szene war locker zwanzig Jahre alt. Der Schütze wahrscheinlich längst im Rentenalter.
Aber auch ich war Hannover-96-Fan.
Die Katze wurde mir sympathischer. Auf den zweiten Blick schien ihr Fell auch gar nicht so ungepflegt zu sein, und in ihrem Gesicht erblickte ich Anflüge eines verschmitzten Lächelns.
Ich öffnete die Sektflasche.
Kaum hatte der Korken geknallt, da war sie auch schon leer.
Aber ich hatte noch siebzehn weitere.
Kniesel und ich feierten bis in die Nacht.
Etwa bei Flasche zwölf stand die wegen einer Reifenpanne verspätete Inkompetentia Becker vor der Tür.
Sie blieb nicht lange.

Als ich am nächsten Tag gegen 18.00 Uhr erwachte, war der Möbelwagen bereits da gewesen.
Wir wohnten jetzt zu zweit hier.
Auch wenn ich mir das mit der Partnerin ein wenig anders vorgestellt hatte.

Die Hirschkatze

Kniesel wohnte also bei mir, und wenn man so nah zusammenlebt, fallen einem Dinge auf, die man sonst nicht bemerken würde. Und es fallen einem natürlich Dinge auf, die auch sonst jeder sieht.

Äußerlich wirkte sie fast normal. Sie war relativ klein, wie jede Katze. Sie trug ein grau getigertes Fell, und auf dem Bauch hatte sie eine kahle Stelle, die rein optisch hervorragend mit den vielen Löchern in ihrem Fell korrespondierte.

Sie schnurrte, wenn man sie streichelte. Sie kratzte, wenn sie spielen wollte, und sie konnte einem unglaublich auf die Nerven gehen, wenn sie Hunger hatte.

So wie jede stinknormale Katze.

Alles im grünen Bereich eigentlich.

Außer dass Kniesel – die also an sich ganz in Ordnung war –, na ja, nicht mehr direkt alle Tassen im Schrank hatte. Genau genommen war sie vollständig durch den

Wind. Dabei aber eben auch sehr lustig und von einer sympathischen Art, die mir ihre Anwesenheit dann wiederum irgendwie angenehm machte.
Und sie konnte sprechen. Wenn auch nur Niederrheinisch-Platt mit ostbengalischem Akzent, denn das Sprechen hatte ihr ein in Wesel ansässiger ostbengalischer Hirtenhund beigebracht. Schon nicht mehr ganz so normal, aber eigentlich auch okay. Es erleichterte auf jeden Fall die Verständigung. Im Übrigen bin ich sehr schnell im Lernen und war in recht kurzer Zeit in der Lage, Niederrheinisch-Platt nicht nur zu verstehen, sondern aufgrund von Nachhilfeunterricht bei einem aus der Region stammenden Hamster aus dem Nachbarhaus auch einigermaßen zu sprechen.

So lief unser Zusammenleben erheblich besser, als es die Begleitumstände eigentlich hätten vermuten lassen.
Deshalb machte ich mir auch keine Sorgen, als ich bei einem zufälligen, aber doch ausgedehnten Blick in Kniesels Schrank das Handbuch »Hirsch werden in dreißig Tagen« von Wahnfried Winkelpötter entdeckte. Winkelpötter war ein zweitklassiger Schriftsteller aus Salzgitter-Ringelheim, der mir leider persönlich bekannt war. Er ernährte sich hauptsächlich von Hirschhornpastete und pflegte sich prinzipiell nach einigen Bierchen und ohne ersichtlichen Grund als »einzig wahren Zwölfender Niedersachsens« zu bezeichnen.
Als Kniesel kurz danach ohne etwas zu merken ins Zim-

mer kam und mir selbstgekochte Gemüsebratlinge vorsetzte, hatte ich die Sache schnell vergessen. Alles ging ganz normal und recht harmonisch weiter.

Doch eines Tages, es muss so Mitte Juli gewesen sein, da wachte Kniesel auf, guckte in den Spiegel und war sicher, der Hirsch aus der Jägermeister-Werbung zu sein.
Sie war es nicht, aber wie sollte ich es ihr begreiflich machen? Ich sagte ihr, Hirsche seien größer als sie und würden den Tag meist mit Röhren verbringen.
Kniesel war das egal. Sie entgegnete mir, das von ihr vorgebrachte Miauen sei im Grunde auch eine Art Röhren und nur im Laufe der Evolution irgendwie verändert worden. Wie genau, wusste sie auch nicht. Ihre gesamte Argumentation jetzt wiederzugeben wäre Platzverschwendung, da sie sich auf einem Niveau bewegte, das mit niedrig eigentlich noch viel zu positiv bezeichnet wäre.
Ich sagte ihr, Hirsche seien Geweihträger. Das war ein Fehler. Kniesel war sehr betroffen und meinte, ich solle nicht auch noch Salz auf ihre Wunden streuen. Sie habe sehr wohl einst ein Geweih gehabt, aber im Rahmen einer Virusinfektion sei ihr dieses ausgefallen und ihre Eltern seien zu arm gewesen, ihr ein neues künstliches zu besorgen. Ich kann mich nicht erinnern, jemals dermaßen gegen eine Wand geredet zu haben.
Beleidigt und nicht ohne mich böse zu beschimpfen, ging sie aus dem Haus und ließ mich betreten zurück.

Ich hatte einen dringenden Termin bei meiner Avon-Beraterin und überlegte auf dem Weg dorthin, während der Beratung, in den Beratungspausen (es handelte sich an diesem Tag um eine sehr umfangreiche Angelegenheit) und auf dem Heimweg, wie ich mit dieser Katze und vor allem dieser Situation fertig werden sollte.

Ich hatte keine Ahnung.

Als ich das Haus betrat, beschlich mich ein komisches Gefühl.

Es trog nicht.

Das Licht war noch nicht an, aber ich sah Kniesel.

Genauer gesagt: ihr Geweih.

Noch genauer: ihr phosphoreszierendes Kitsch-Geweih, das sie, wie sich später herausstellte, für vier Euro neunundneunzig bei einem Trödler erstanden hatte.

Das Geweih war dreimal so groß wie die ganze Katze. Nein, sechsmal, vielleicht auch zwölf- oder achtzehnmal, ich war wirklich nicht in der Lage, das genau festzustellen.

Eigentlich sah man nur das Geweih. Kniesel war auch bei Licht kaum zu erkennen und stöhnte bei jedem Schritt, den sie tat. Und mit jedem sank sie weiter ein und wurde kleiner.

Aber sie musste ja auch nicht weit gehen, denn sie hatte es sich auf meiner Wohnzimmergarnitur bequem gemacht. Fernsehen an, rechts eine Palette Jägermeister und links eine Fahne von Eintracht Braunschweig – das mit Sicherheit deutlichste Zeichen, das es für die Verwirrung eines Hannover-96-Fans geben kann.

Ich zog sofort die Rollläden herunter: In unserer Heimatstadt sind schon Leute wegen ihres Bekenntnisses zu diesem Verein vom aufgebrachten Mob gelyncht worden. Das wollte ich uns ersparen.
Während ich völlig schockiert darüber nachdachte, wie ich dieser Lage Herr werden sollte, benahm sich Kniesel immer schlechter. Na ja, kein Wunder bei dem Alkoholkonsum. Sie trank ja sonst oft nur Kefir.
Sie begann, dritt-, bestenfalls aber zweitklassige Trinklieder zu grölen (zum Beispiel – na, Sie wissen schon – »Zehn kleine Jägermeister«, oder »Es gibt kein Bier auf Hawaii«), bis ihr Magen endgültig zu streiken begann und sich sein Inhalt über meinen neuen Perserteppich ergoss. Im Fallen nahm sie gerade noch mein achtundvierzigteiliges Kaffeeservice aus Meißener Porzellan mit, sodass dieses auf dem Boden zerschellte. Gleichzeitig schlug ihr Geweih hart auf, und während diverse Ecken mit großem Krach absprangen, schnappte ich sie mir und legte sie in ihren Katzenkorb. Das war deshalb möglich, weil sie bereits angefangen hatte, auf dem inzwischen ruinierten Teppich ihren Rausch auszuschlafen.
Als wir am nächsten Morgen aufwachten, ging es uns beiden schlecht, wenn auch aus verschiedenen Gründen.

Ich einigte mich folgendermaßen mit Kniesel: Sie kann zwar nur bedingt als Hirsch gelten, sieht aber auch ohne Geweih im Grunde genauso aus. Das Geweih selbst – inzwischen sowieso nicht mehr schön anzusehen – trägt sie nur noch zu wichtigen Anlässen wie Hochzeiten, Geburtstagen oder wenn »Richterin Barbara Salesch« im Fernsehen kommt. Dem Alkohol hat sie fast völlig abgeschworen, trinkt höchstens jeden dritten Abend mal ein Pils. Und selbstverständlich gehört ihre ganze Liebe jetzt wieder der Mannschaft von Hannover 96; über die Sache mit der Eintracht-Braunschweig-Fahne haben wir beide den Mantel des Schweigens gedeckt.

Vielleicht wird sie in vielen Jahren einmal im Rahmen einer Psychotherapie darüber sprechen können. Obwohl ich das ja nicht tun würde, der Therapeut würde sich bestimmt halb tot lachen. Wer hängt schon freiwillig eine Eintracht-Braunschweig-Fahne auf?

Kniesels Mondfahrt

Zwar hatte meine Diplomarbeit für großes Aufsehen gesorgt, aber inhaltlich hatte sie dann doch keinen so recht interessiert, auch wenn sie top recherchiert war. In der Anfangszeit nach meinem Studium hielt ich noch mehrfach auf Kongressen Vorträge vor frenetisch Beifall klatschenden Ergotherapeuten und -Innen, bis sich die Begeisterung merklich legte. Auch Ergotherapeuten wollen natürlich dazulernen, nach vorne schauen und sich nicht stetig damit auseinandersetzen, wie wenig überzeugend sich ihr Fachbereich vor siebenhundert Jahren noch darstellte. Im Großen und Ganzen gab es damals nur eine Übung, die sich leicht abgewandelt immer wiederholte: Man hatte lediglich die Möglichkeit, große, mittlere oder kleine Vasen zu töpfern. Es ist überliefert, dass der Ergotherapiepatient des Mittelalters seine damals sündhaft teure und von keiner Krankenkasse gedeckte Behandlung überwiegend vom Verkauf dieser Vasen finanzierte, die ja auch ansonsten nur zu Hause rumgestanden hätten. Doch von der heutigen Realität hatte ich komplett keine Ahnung. Ich war halt reiner Wissenschaftler und kein Praktiker. Außerdem stand ich mit meinem theoretischen Ansatz, dass man mit Ergotherapie die Weltherrschaft erringen könne, relativ alleine da. Die meisten Ergotherapeuten übten ihren Beruf sowieso aus anderen Gründen aus.

Genau genommen wollte ziemlich schnell überhaupt niemand mehr etwas mit mir oder Absolventen meines Studienganges zu tun haben. Daraufhin jobbte ich als Hilfsarbeiter in der Metallindustrie, und so verging das Jahr. Das Arbeitsamt war sogar nach einiger Zeit bereit gewesen, mich zum Büroassistenten umzuschulen. Aber da ich für fünf getippte Seiten zeitlebens mindestens zwei Tage gebraucht hatte, war dieser Vorschlag eher nicht so zukunftsträchtig gewesen.

Ich war wirklich unglaublich naiv gewesen zu glauben, nach dem Studium läge mir die Welt zu Füßen. Doch meine Naivität war fast noch erträglich gegenüber der, die meine minderbegabte Katze an den Tag legte. Diese stellte alles in den Schatten, was ich jemals über naive Lebewesen gehört habe. Mir sind sogar Pantoffeltierchen bekannt, die mit mehr Realitätsbezug ausgestattet sind.

Es geschah an einem verregneten Tag Ende März. Kniesel wohnte inzwischen knapp zehn Monate bei mir. Die Hirsch-Aktion hatten wir beide längst vergessen. Ich hatte Migräne, und Kniesel scharwenzelte seit Stunden in gewissen Abständen um mich herum, um an Futter zu gelangen. Da ihr Quieken und Schnurren in meinem Kopf ungefähr so klang wie eine Boeing beim Start, funktionierte diese Methode hervorragend. Bereits nach kurzer Zeit intensiven Nervens stand ihr Essen auf dem Tisch bzw. auf dem Küchenfußboden, denn von dort fraß sie für gewöhnlich.

Sie hatte gerade ihre elfte Dose Futter erfolgreich in sich hineingefressen, als es klingelte.

Während sich die Schmerzen in meinem Kopf augenblicklich bis zum Exzess steigerten, sprang Kniesel sofort zur Tür.

Sie hatte vor einiger Zeit an einem Preisausschreiben teilgenommen und hoffte seitdem ständig auf die Nachricht, eine zweiwöchige Reise nach Ibiza mit Vollpension und angeblich charmanter Herrenbegleitung gewonnen zu haben. Platz zwei, ein vollautomatischer Wäschetrockner, sagte ihr da schon weniger zu. Für das Waschen war ich zuständig, und außerdem war ihr eigenes Fell durch intensives Lecken hervorragend zu reinigen, auch wenn man ihm durchaus ansah, dass sie es mit der Pflege desselben nicht sonderlich genau nahm.

Ihre Hoffnung ließ sich auch dadurch nicht trüben, dass sie das Preisausschreiben definitiv mit dem falschen Lösungswort beantwortet hatte. Wenn man darauf Wert legt, die Frage nach einer spanischen Inselgruppe richtig zu beantworten, sollte man sich darüber im Klaren sein, dass »Langeoog« ganz woanders liegt und ihr als einzelner Insel auch kein Gruppenstatus zusteht.

Wie dem auch sei, Kniesel öffnete jedenfalls die Tür. Überrascht trat sie zurück, als sie die Ankömmlinge sah. Vor ihr standen zwei überaus attraktive, wenn auch nicht direkt elegant wirkende Kater. So sah sie die beiden.
Meiner Meinung nach handelte es sich um zwei hochgradig verwahrloste, übel riechende Monster katzenartiger Abstammung, die – wie sich schnell herausstellte – unter vollständiger geistiger Verwirrung litten. Dementsprechend befanden sie sich also mit Kniesel auf einem Level und kamen mit ihr auf dieser – wenn auch extrem niedrigen – Ebene hervorragend zurecht. Dass dabei nichts Vernünftiges herauskommen konnte, dachte ich mir sofort, doch leider wurden meine schlimmsten Befürchtungen noch übertroffen.
Die beiden Kater – ihre Namen waren Fred und Seidelbast – hatten eine gar wunderbare, schöne und mythische Geschichte zu erzählen. Insgesamt ergab sie unglaublichen Stuss, wie ich ihn in meinem Leben noch nicht gehört hatte und hoffentlich auch nie wieder hören muss. Aber wunderbar und schön war sie. Und das mit den Mythen stimmte auch.
Sie handelte von der Beschaffenheit des Mondes und der überaus angenehmen Lebensweise auf diesem von unserer Erde gar nicht so weit entfernten Planeten. Laut Fred bestand der Mond aus edelstem Katzenfutter, durchzogen

von Flüssen aus reinster, wunderbar schmeckender Vollmilch. Außerdem würden überall junge Singvögel herumlaufen und -fliegen. Diese könne man völlig problemlos fangen, ohne dabei von moralisierenden, oder, wie Fred sich ausdrückte, »herumzickenden« Menschen belästigt zu werden.

Nach kurzer, heftiger Diskussion und einer gleichzeitig stattfindenden unglaublichen Völlerei - Fred und Seidelbast waren nicht nur verwahrlost, sondern auch äußerst hungrig, Kniesel fraß aus Gewohnheit sowieso mit - gingen die drei mit vollem Magen und weiterhin leeren Hirnen auf Wanderschaft. Ehrlich gesagt wurde es auch höchste Zeit, denn ihr ständiges Sprechen, Schnurren und Quieken erzielte in meinem migränegeplagten Kopf einen Effekt, den ansonsten höchstens extrem dissonantes, stundenlanges Bratschenspiel zu erzielen in der Lage ist.

Da ich mich Kniesel trotzdem irgendwie verpflichtet fühlte, gab ich ihr zum Überleben hundert Euro in kleinen Scheinen mit.

Ich hoffte, sie würde ihr Glück in der Fremde finden, auch wenn das Glück, das sie erwartete, selbst bei größtem Wohlwollen bestenfalls als Utopie zu bezeichnen wäre.

Irgendwie fühlte ich schon einen gewissen Abschiedsschmerz, als ich sie gehen sah. Alles in allem hatte ich mich doch trotz einiger Turbulenzen sehr an sie gewöhnt. Aber Reisende soll man nicht aufhalten, und so ließ ich mir nichts anmerken und weinte nur nachts leise in mein Kissen.

Kniesel, Fred und Seidelbast heuerten zunächst bei einem Binnenschiffer an und verdingten sich als Schiffskatzen, wobei vor allem die Beseitigung von Mäusen, Ratten und Küchenabfällen in ihren Verantwortungsbereich fiel. Bei ihrem Hunger waren die drei für diesen Job natürlich wie geschaffen und hatten mit der Ausführung keinerlei Probleme. Eher problematisch war die Tatsache, dass das erste Ziel der Katzen Cape Canaveral war. Fred hatte gehört, dass dort ein alternder Ex-Football-Kicker potenzielle Mondreisende gegen eine nicht allzu hohe Gebühr mit einem gezielten Tritt in den Hintern direkt in die Mondumlaufbahn schießen würde. Alles andere würde dann von selbst gehen.

Das klang plausibel. Schade nur, dass Cape Canaveral in Amerika liegt und Binnenschiffe für Ozeanüberquerungen nicht unbedingt geeignet sind.

Nach ungefähr zwölf Wochen waren auch unsere Katzen darauf gekommen und natürlich fürchterlich enttäuscht, weil sie auch keine Idee hatten, wie sie auf einen Ozeanriesen gelangen könnten.

Doch dann kam ihnen der Zufall zu Hilfe. Gerade hatte der Kapitän in Bad Ems festgemacht und den dreien Landgang gewährt, da sah Kniesel ein Schild. Es hatte die Aufschrift: »Heute schon auf dem Mond gewesen? Mit einem gezielten Tritt in den Hintern befördert sie Widukind

Watanabe, Ex-Football-Profi von Mellendorf Galaxy, in die Mondumlaufbahn, von der aus sie auf unserem wunderschönen Nachbarplaneten landen können!«

Sofort begaben sich Kniesel, Fred und Seidelbast zu dem Feld, von dem aus Watanabe die Mondreisen anbahnte. Gegen eine Gebühr von fünfzig Euro (Kleingruppentarif) wurden sie in dessen Umlaufbahn geschossen, kamen unter ungeklärten Umständen auf dem Planeten selbst an und erlebten eine Überraschung: Der Mond war nicht aus Katzenfutter, sondern aus Harzer Käse beschaffen. Und in den vielen Flüssen floss keine Vollmilch, sondern Liebfrauenmilch, ein Wein also, den der Sage nach nur Engländer unter Überwindung sämtlicher Widerstände des eigenen Körpers zu trinken in der Lage und vor allem willens sind.
Singvögel gab es gar nicht, da sie eine Woche vor Ankunft unserer Helden ausgestorben waren. Der einzig nennenswerte Vorteil war eigentlich, dass ihr Gewicht auf dem Mond erheblich geringer war als auf der Erde, was vor allem die pummelige (und extrem eitle) Kniesel zu stundenlangen Aufenthalten auf einer Waage bewog, die sich urplötzlich in dem Besitz der drei Pelztiere befand.

Der Rest der Geschichte ist schnell erzählt.
Innerhalb kürzester Zeit kamen sie mit herrschenden Gesetzen auf dem Mond in Konflikt. Von einem Schnellgericht wurden sie wegen Diebstahls von Messinstrumen-

ten, unerlaubten Herumlungerns und der Verbreitung allgemeiner Konfusion für unerwünscht erklärt.
Die offizielle Verabschiedung übernahm der Mann im Mond persönlich. Mit den Worten: »Langsam geht mir dieses Katzengesocks aber wirklich auf die Nerven!«, trat er alle drei mit dermaßener Wucht in den Hintern, dass sie nicht nur in der Umlaufbahn der Erde, sondern direkt und ohne Umwege auf meinem Balkon landeten, wo ich mich gerade sonnte und – inzwischen von meiner Migräne gänzlich befreit – das Leben genoss. Auch das Arbeitsamt hatte es längst aufgegeben, mich per Umschulung noch irgendwie in die Arbeitswelt zu integrieren, nachdem ich bereits am dritten Tag einer Ausbildung als Chemisch-technischer Assistent aus Versehen (oder war es göttliche Fügung?) Sachschaden in Millionenhöhe angerichtet hatte. Doch ich war gut versichert, und so lebte ich in den Tag hinein und ließ mich von der niedersächsischen Sonne bräunen.

Damit war es natürlich nun vorbei, denn Kniesel zog wieder bei mir ein. Fred verloren wir schnell aus den Augen, doch ich habe gehört, dass er anschließend das nur bedingt erfolgreiche Theaterstück »Super-Fred rettet die Mondbevölkerung« schrieb. Darin rettet der Held (also er selbst) die geknechteten Mondbewohner vor einer Gruppe Außerirdischer, die aber irgendwie in Hamm-Uentrop aufgewachsen und auf eine mir nicht geläufige Weise dort ziemlich verroht sind. Leider müssen sich alle Schauspie-

ler auf der Bühne per Moonwalk fortbewegen, was mehr zu unfreiwilliger Komik als zur Qualitätssteigerung des Stückes beigetragen haben soll. Was Seidelbast betrifft, so entwickelte er sich zu einem der besten Freunde Kniesels und wird in diesem Buch noch zu weiteren zweifelhaften Ehren kommen.
Laut ihren Erzählungen waren die drei übrigens auf dem Mond große Popstars gewesen und nur deshalb auf die Erde zurückgekehrt, weil sie mit den vielen Fans und dem Medienrummel nicht mehr zurechtkamen. Angeblich seien sie mehrfach sogar von Horden hysterisch kreischender, wenn auch extrem attraktiver Mond-Teenies durch die Planetenhauptstadt gejagt worden.

Aber ich habe sorgfältig recherchiert und die von mir hier erzählte Geschichte entspricht der Wahrheit. Das weiß ich von einem befreundeten Zwergpinscher, der kurze Zeit später auch oben war.

Realschulrektorenkonferenz

So war also wieder alles beim Alten. Ich war nicht mehr allein, Kniesel und ich waren wieder unter uns. Meine Katze und ich. Ein unzertrennliches Team. Sie war nervig. Sie war laut. Sie war zerzaust und nur bedingt intelligent. Aber ich mochte sie.

Trotzdem haben Sie vielleicht schon mitbekommen, dass auch bei uns nicht alles eitel Sonnenschein war. Im Gegenteil, mit einer dermaßen exzentrischen Katze im Haus konnte einen schon einmal die Verzweiflung packen.

Mich jedenfalls packte sie schon bald wieder.

Ganz besonders an dem Tag, als Kniesel angeblich aus Versehen mehrere Fläschchen Baldrian verschüttet und anschließend hundertzwanzig dadurch herbeigelockten Katern lediglich ihre Briefmarkensammlung gezeigt hatte, was diese zu gewalttätigen Ausschreitungen animierte. Kniesel konnte in dieser Situation deshalb so cool bleiben, weil sie bereits einige Zeit vorher auf mein Betreiben hin

beim Tierarzt gegen diesen Stoff systematisch desensibilisiert worden war.
Erst die Feuerwehr hatte die Versammlung der liebestollen Kater durch Einsatz gezielter Wassersalven auflösen können.

An diesem Tag erinnerte ich mich meines alten, väterlichen Freundes Ernst-Eberhard und rief ihn voller Verzweiflung an.
Ernst-Eberhard war Realschullehrer in der Lipperland-Metropole Detmold und ein sehr weiser älterer Herr. Ich erzählte ihm fast alles, und er schien eine Idee zu haben. Er sagte zu mir: »Warte ab. Ich kann dir jetzt noch nichts versprechen, aber ich glaube, es gibt eine Lösung für dein Problem. Du brauchst jetzt ganz viel Ruhe. Kannst du dir vorstellen, eine Weile alleine in deiner Wohnung zu leben?«
»Nichts lieber als das«, antwortete ich, und schon jetzt fiel mir ein ganzer Obelisk vom Herzen.

Zu der Zeit stand in Detmold ein Großereignis an. Das idyllische Städtchen am Fuße des Hermannsdenkmals war Gastgeber der diesjährigen Ostwestfälischen Realschulrektorenkonferenz. Alles war schon vorbereitet, da durchfuhr es den Vorsitzenden des Organisationskomitees plötzlich siedend heiß: Es gab kein Maskottchen! Ohne Maskottchen konnte man diese Konferenz weder beginnen noch durchstehen, denn es war der einzige Teilnehmer an dieser

Veranstaltung, der überhaupt irgendetwas bewegen konnte und vor allem eine halbwegs sinnvolle Aufgabe hatte.
Die Konferenz selbst hatte außer dösigen Reden, Vorträgen und noch dösigeren Diskussionen über eine Reform der Dezimalrechnung oder das Für und Wider des Behandelns des Themas »unappetitliche Krankheiten im Genitalbereich« während des Biologieunterrichts nichts zu bieten. Gar nichts.
Aber das Maskottchen verlieh allen Veranstaltungen einen ansonsten nicht vorhandenen Glanz. Es wurde am Anfang und zum Ende der Konferenz zu Fahnenzügen auf einem güldenen Wagen durch die Stadt gefahren. Es trug prächtige Kleidung. Ein Samtkleid, über und über bestickt mit echten Perlen, das noch aus der Zeit stammte, als Realschulrektorenkonferenzen noch gar nicht abgehalten wurden. Und zwar deshalb, weil es damals noch gar keine Realschulen gab und somit naturgemäß auch keine Realschulrektoren. Außer einem, irgendwo auf dem Land, kurz hinter Bünde. Aber der war ein Sonderling gewesen, der von allen gemieden wurde. Außerdem hatte er sich den Titel selbst verliehen. Da dieser Titel wie gesagt allgemein gar nicht bekannt war, wurde er ihm dementsprechend auch nicht aberkannt. Sein Name war Hempelmann van der Haaren gewesen, aber das ist für unsere Geschichte weniger als ein Randeffekt. Es hat überhaupt keine Bedeutung.
Vieler Zeilen kurzer Sinn: Ein Maskottchen musste her!
Es musste auf jeden Fall kleinwüchsig sein, denn im

letzten Jahr hatte der Präsident unserer Konferenz einmal selber waschen müssen. Seine Frau war zur Kur in Bad Pyrmont gewesen und hatte ihm genaue Instruktionen gegeben, wie er was zu waschen habe. Von dem Kleid hatte sie nichts gesagt, so etwas wird mit der Hand gewaschen. Unser Präsident aber - blauäugig, desinteressiert und genervt, weil er jetzt etwas tun musste, wozu er gar keine Lust hatte - steckte es einfach zur Kochwäsche.

Das Kleid war anschließend sehr klein, sehr verwaschen und perlenfrei. Die Perlen konnten irgendwie aus der Waschmaschine geholt und wieder angenäht werden. Das Kleid wurde neu gefärbt, aber es blieb klein. Darum musste das Maskottchen auch klein sein.

Zuerst dachte man in Detmold an Twipsy, aber der war ja schon Expo-Maskottchen und hatte auch dort bestenfalls als Fehlbesetzung für Furore gesorgt. Dann dachte man an Angela Merkel, aber die war gar nicht klein und außerdem - unter uns gesagt - eine Spur zu unansehnlich für diesen Posten.

Jetzt war die Zeit Ernst-Eberhards gekommen. (Im Übrigen war sein Engagement gar nicht so uneigennützig, wie er es darstellte. Viel später erfuhr ich, dass er ernsthafte Ambitionen hatte, Schulrat zu werden.) Er kannte mein Dilemma, und er kannte das Dilemma der Konferenz.

Ernst-Eberhard rief mich an, erklärte mir den Sachverhalt und dass Kniesel für ihn die optimale Lösung auf der Maskottchen-Position darstelle.

Ich hatte da so meine Zweifel.

»Ernsti« (so durfte ich ihn neuerdings nennen), sagte ich, »diese Katze ist unberechenbar. Die hat schon ganz andere Veranstaltungen gesprengt.«
Aber er beruhigte mich. »Carsten«, antwortete er, »ich bin Pädagoge. Glaub mir, ich weiß, wie man mit solchen Leuten umgeht. An mir sind selbst die Härtesten der Harten gescheitert. Die gefährlichsten Schüler des Lipperlandes sind bei mir zur Schule gegangen. Heute alles gemachte Leute. Und außerdem«, flüsterte er verschwörerisch in den Hörer, »im Falle eines Falles hat ein Gläschen Sekt noch nie geschadet.«
Ich ließ mich überreden. Nachdem wir uns geeinigt hatten, zeigte Ernst-Eberhard den anderen Mitgliedern im Organisationskomitee ein Foto von Kniesel, das ich ihm kurzfristig auf seine Anforderung hin geschickt hatte. Man konnte deutlich sehen, dass sie klein war. Sehr klein. Dass sie optisch noch weitaus unansehnlicher war als Angela Merkel, spielte längst keine Rolle mehr. Die Zeit drängte, da konnte man nicht wählerisch sein.
Die Entscheidung fiel. Das offizielle Maskottchen der ostwestfälischen Realschulrektorenkonferenz in Detmold hieß Kniesel Wunn aus Hannover-Bothfeld! Die Mitglieder des Organisationskomitees gratulierten sich gegenseitig. Zu Unrecht, wie sich bald herausstellen sollte.

Der große Tag war gekommen. Die Sonne schien auf Detmold, Kniesel wurde im güldenen Wagen, umhüllt mit dem wunderschönen Kleid inzwischen undefinierbarer

Farbe, durch Detmold kutschiert, und die beiden Rentner, die ansonsten im Park Freiluftschach spielten, bildeten das Publikum, spendeten Jubelstürme und versuchten sogar, eine La-Ola-Welle einzubringen. Schade nur, dass sich einer dabei das Kreuz verrenkte. Allerdings sieht eine von zwei Personen durchgeführte Welle nun auch nicht so imposant aus, als dass sie nun dringend durchgeführt werden müsste.

Im Festsaal hatten sich diverse Honoratioren versammelt. Unter ihnen waren Prinz Ernst-August von Hannover, König Juan Carlos von Spanien, Gunter Gabriel und sogar der Bundespräsident samt Gattin.

Doch die Katastrophe nahte. Sie nahte in Gestalt einer Piccoloflasche Sekt, die sich Kniesel bestellt hatte, um ihre Aufregung zu bekämpfen. Kniesel hatte schon seit ihrer Ernennung vor zwei Tagen nichts mehr gegessen, weil sie zu Recht ein reiches Büfett erwartete. Da musste Platz im Magen sein. »So gutes Essen bekommt man so schnell nicht wieder«, hatte sie sich gedacht.

Kniesel trank also ihren Piccolo, war sofort sturzbetrunken und fiel als Erstes in das ausladende Büfett. Sechs- oder siebenmal versuchte sie aufzustehen und fiel wieder hin, bis die gesamte, wunderschön angerichtete Tafel zerstört und damit die ganze Arbeit für die Katz war (super Wortspiel, finden Sie nicht auch?).

Endlich aufgestanden, verspürte sie plötzlich einen unglaublichen Harndrang. Da sich Kniesel in ihrer Trunkenheit urplötzlich für einen Hund hielt, urinierte sie ganz spontan an das nächste Hosenbein. Es gehörte Ernst-August. Dieser fing augenblicklich an zu toben und war auch nicht mehr zu beruhigen. Noch während er also wild um sich schlug, ging Kniesel zum Rednerpult und sprach ins Mikrophon. Ohne Einleitung erzählte sie ihren Lieblingswitz: »Warum kaufen die Ostwestfalen in diesem Jahr keine Autos mit Automatik?« Kniesel prustete, und ihre Stimme überschlug sich. »Weil dieses Jahr ein Schaltjahr ist!«

Sie kicherte hysterisch, während sich das geladene Publikum in Grausen wand. Gerade die Jüngeren unter ihnen waren noch nie mit einem dermaßen peinlichen Witz konfrontiert worden. Die Älteren hatten zwar in ihrem Leben schon viel mehr mitmachen müssen, aber auch in der Trauma-Bestenliste der allermeisten von ihnen stand dieses Erlebnis ganz oben. Einige sollen sogar spontan vollständig grau auf dem Kopf geworden sein.

Die Geschichte endete damit, dass Kniesel mit Schimpf und Schande aus Detmold fortgejagt wurde.

Als sie so ganz abgekämpft und zerzaust vor meiner Tür stand, tat sie mir leid, und ich nahm sie wieder zu Hause auf.

Und nur knapp vierundzwanzig Stunden später waren wir sogar zu dritt, denn Ernst-Eberhard war das Gleiche widerfahren wie Kniesel.

Es wurde keine schöne Zeit. Ernst-Eberhard lud seinen ganzen Frust auf Kniesel ab, und diese verbrachte einen

Großteil ihrer Zeit aus Scham ganz hinten im Wandschrank, unter Bergen von Bettwäsche.
Zu allem Unglück hatten Ernst-Eberhards Kollegen schnell herausbekommen, wo er sich aufhielt, und bedrohten ihn fernmündlich oder patrouillierten vor unserer Tür.
Eines Nachts verließ er uns heimlich durch den Hinterausgang und wohnt heute unter falschem Namen in 34497 Korbach, Strother Straße 275 b (bei Jaruzelski klingeln).

Liebeswirrungen

Wir waren also mal wieder zu zweit. Aber langsam genügte mir das nicht mehr. Die Sache mit Inkompetentia damals hatte mich mehr getroffen, als ich zugeben wollte.
Also begann ich, im Internet mit Frauen zu chatten. Eine begeisterte mich ganz besonders. Ihr Name war Bertha. Bertha-Brunhilde Beckenbauer. Schon ihr Foto hatte mich fasziniert. Sie hatte dunkle Locken, braune Augen und ein wunderschönes, ebenmäßiges Gesicht. Manchmal saßen wir stundenlang am Computer und schrieben eine E-Mail nach der anderen.
Und irgendwann stand das erste Date an. Sie war damit einverstanden, dass ich Kniesel mitbrachte. Nach eigenen Angaben liebte sie Katzen, und ich dachte, sie sollte wissen, woran sie war.
»Wahre Liebe kann nichts erschüttern«, sagte ich mir.

So trafen wir uns eines Tages in dem norwegischen Restaurant in unserer Straße.
Eigentlich lief alles ganz gut. Bertha und ich verstanden uns auch von Angesicht zu Angesicht hervorragend, so als hätten wir uns schon immer gekannt. Schon bald blickte ich in ihre tiefbraunen Augen und flüsterte: »Bertha, du bist wunderschön, dein Teint ist so zart wie eine Pfirsichblüte. Ich liebe dich!«
Sie errötete leicht und faltete verlegen an ihrer Serviette herum. Gerade wollte ich ihr mein Geschenk, einen goldenen Ring, überreichen mit den Worten »Nimm mich zum Mann, du bist die Frau meines Lebens«, als Kniesel plötzlich aufsprang und in voller Lautstärke rief: »Ich muss mal aufs Klo!«
Die Stimmung war dahin, und beim Rausgehen rempelte Kniesel Bertha auch noch dermaßen an, dass sie fast vom Stuhl fiel.
Kurz darauf stand auch Bertha plötzlich auf. Und dann erschien die Polizei. Kniesel hatte Bertha beim Rausgehen einen Zettel zugesteckt. Auf dem stand: »Hilfe, ich bin entführt worden.« Bertha hatte dann die Polizei gerufen, die mich umgehend verhaftete.
Erst nach vierundzwanzig Stunden konnte mich mein Anwalt aus der U-Haft loseisen. Dort hatte ich die ganze Zeit gesessen, vor mich hin gebrütet und mir ausgemalt, was ich mit Kniesel anstellen würde, wenn ich wieder in Freiheit wäre. Teeren und Federn war noch das Harmloseste.
Die Situation verbesserte sich auch dadurch nicht, dass

Bertha nach meiner Entlassung weder telefonisch zu erreichen war, noch auf meine Briefe, Faxe und E-Mails antwortete.

Doch ich hatte im Gefängnis viel Zeit zum Nachdenken gehabt, und irgendwann wurde mir klar, warum sich meine Katze so zickig benahm. Es war eigentlich ganz einfach. Sie war eifersüchtig.

Kniesel war Single. Das war durchaus verwunderlich, denn für eine Katze ihres Alters sah sie eigentlich recht attraktiv aus, wenn auch manchmal eine Spur zu mollig und zerzaust. Aber eben das mache ihren natürlichen Reiz aus, sagten viele.

Ich hätte mich gefreut, wenn sie einmal mit Djugaschwili ausgegangen wäre, dem gut aussehenden Kater der Zahnarztfamilie aus der Nachbarstraße. Dieser hatte durchaus Interesse, aber sosehr er sich auch mühte, sie ließ ihn nicht ran. Ihrer Meinung nach war er ein Weichei, das Katzen die Pfote küsste und sogar eine eigene Toilette besaß. Kniesel, die eher den bodenständig-volkstümlichen Katzentyp verkörperte, brauchte so etwas nicht. Sie verrichtete ihre Geschäfte meistens unter dem Küchenfenster der Nachbarn, die es inzwischen aufgegeben hatten, sich darüber zu beschweren.

Die Zeit verging, und Kniesel blieb partnerlos. Djugaschwili hatte seine Bemühungen längst eingestellt und war mit einer Perserkatze aus dem feinen Isernhagen liiert. Auch andere Verehrer kamen und gingen, aber ihr Liebes-

werben blieb mehr als ungehört. Kniesel nahm überhaupt keine Notiz von ihnen.
Bei mir war es ähnlich. Aufgrund der intensiven Fernsehberichterstattung über die Sache mit der angeblichen Entführung gab es mehrfach Anfragen von interessierten Frauen bezüglich eines Dates mit mir. Aber nach der Pleite mit Bertha war mein Herz gebrochen.

Doch dann wendete sich das Geschick, zumindest für Kniesel. In der Katzendisco »Kitekat-Klub«, *der* In-Location der hannoverschen Pelztierszene schlechthin, lernte sie Siegfried kennen. Siegfried war ein stattlicher schwarzer Kater mit grauen Schläfenhaaren. Er war nicht mehr der Jüngste, aber er hatte das gewisse Etwas. Nachdem Siegfried in unserer Gegend aufgetaucht war, ging schnell das Gerücht um, Siegfried sei ein verwunschener Prinz. Er sei erst zum Frosch und später – nachdem ihn nicht ein junges Mädchen, sondern ein angetrunkener Heilerziehungspfleger hatte freiküssen wollen – zum Kater verwandelt worden. Dieses Gerücht ging von der These aus, dass der Kuss eines Heilerziehungspflegers automatisch eine doppelte Verwünschung nach sich ziehen musste. Diese Theorie erschien mir mehr als fraglich. Meines Wissens zog eine doppelte Verwünschung eher eine Existenz als Showmaster bei RTL 2 oder Talkshowgast bei »Vera am Mittag« nach sich. Aber die unwahrscheinlichsten Geschichten verbreiten sich immer am besten.

Siegfried hatte sich etwas Besonderes ausgedacht.
Er wollte mit Kniesel einen Ausflug machen. Nach Neuss. Zum HUMA-Markt. Denn dort wurden – wie Siegfried aus sicherer Quelle wusste – Trikots von Hannover 96 für nur zwanzig Euro zum Verkauf angeboten. Siegfried war wie Kniesel ein begeisterter Fußballfan und Fan von Hannover 96. Er musste ein Trikot haben, und Kniesel wollte er auch eines schenken.
Er hatte noch eine Überraschung parat: Sie flogen nach Neuss. Mit einer Cessna. Und Siegfried war der Pilot, denn schon früh hatte er von seiner Familie das Fliegen gelernt. Er war – ungelogen – der einzige Kater in ganz Deutschland mit Fluglizenz.
Kniesel war begeistert. Sie war noch nie geflogen, und dann noch ins Ausland! Kniesel glaubte nämlich, bei Nordrhein-Westfalen handele es sich um ein völlig anderes Land. Ich hatte zwar früher schon einmal versucht, ihr das föderalistische System der Bundesrepublik Deutschland näherzubringen, aber der Versuch war leider fehlgeschlagen. Genau genommen hatte sie schon bei Aufenthalten im umliegenden Landkreis Hannover Angst, ohne Visum verhaftet zu werden. Sie sah eben sehr viel fern und konnte das Gesehene nicht immer richtig einordnen.

Siegfried flog also. Und wie er flog! Wie ein junger Gott. Er vollführte die waghalsigsten Kunststücke. Sechs Loopings hintereinander, um dann abzusinken und anschließend mit seiner Maschine pfeilschnell gen Himmel zu

schießen. Sein Adrenalinspiegel stieg, und er flog wie im Rausch.
Bei Kniesel sah das anders aus. Die ersten zwei Minuten des Fluges hatten ihr noch gefallen. Doch je waghalsiger Siegfried wurde, desto schlechter wurde ihr. Ihr Gesicht wurde unter dem Fell knallgrün, unter Schutzbrille und Helm rann der Schweiß in Strömen, sie zitterte am ganzen Körper und schickte salvenweise Stoßgebete gen Himmel. Sie schwor, nie wieder eine Pfote in ein Flugzeug zu setzen und im Falle ihres Überlebens in ihrer Heimatstadt eine Kathedrale zu errichten. Ein Schwur übrigens, an den sie sich später partout nicht mehr erinnern wollte.

Irgendwann erreichten sie dann doch noch Neuss. Wie in Trance folgte Kniesel mit zitternden Knien dem überglücklichen und vor allem vollständig unsensiblen Siegfried mit dem Bus zum HUMA-Markt.
Die Trikots waren ausverkauft!
Kniesels Begeisterung für Siegfried hatte sich vollständig erledigt, und noch auf dem Parkplatz vor dem Supermarkt gab sie ihm den Laufpass. Während Siegfried enttäuscht zurückflog, nahm Kniesel die Bahn.

Als sie bei mir zu Hause angekommen war, musste ich sie tagelang mit Milch mit Honig aufpäppeln, bis es ihr wieder besser ging.
Wochen später erblickte ich auf ihrem Nachttisch folgendes von ihr selbst geschriebenes Gedicht:

Hätt' nie gedacht, es könnt' so werden,
ein Jammertal das Leben auf Erden.
Männer geh'n mir auf den Sack,
hör mir bloß auf mit diesem Pack.

Männer, Männer, Männer
sind die letzten Penner.
Die haben alle echt 'ne Macke,
Männer – find ich kacke!

Kommt mir nochmal einer krumm,
dann hau ich ihn ganz einfach um.
Tu ihm alle Knochen brechen,
das ist meine Art zu rächen.

Das gilt ganz sicher von denen für jeden,
kommen nicht weg ohne große Schäden.
Männer, die sind alle blöd,
selbst Fischer und Gerhard Schröd(er).

Ein, wie ich finde, stilistisch nicht wirklich filigranes, dafür aber umso aussagekräftigeres Gedicht, das mich spontan zu Tränen rührte, auch wenn ich eine gewisse Reflexionsfähigkeit vermisste. In diesem Moment wusste ich, dass ich ihr verziehen hatte, was passiert war. Und irgendwie hatte sie mit dem Jammertal nun ja auch nicht ganz Unrecht.
Manchmal, in einer schwachen Stunde, hätte ich auch

gerne einmal so ein Gedicht geschrieben. Vor allem, wenn ich an Bertha dachte. Oder »Hildchen«, wie ich sie trotz meines Zorns heimlich in meinen Träumen noch nannte. Denn Bertha-Brunhilde war für mich unerreichbar geworden. Noch am Tag des Geschehens hatte sie sich in den Leiter des von ihr gerufenen Sondereinsatzkommandos verliebt und ihn kurze Zeit später in Las Vegas geheiratet.

Vom Niedergang der politischen Kultur

Da Kniesel nach dem Desaster mit Siegfried von Männern die Nase mehr als vollhatte, suchte sie ein neues Betätigungsfeld. In einer Zeit, in der Affären und Kriege das Geschehen bestimmten, konnte es ihrer Ansicht nach für die verantwortungsvolle Katze von heute nur eines geben: die Politik.
Ich war da anderer Ansicht. Für die jedes Fettnäpfchen treffende Katze meiner Hausgemeinschaft galt meiner Meinung etwas ganz anderes: raushalten, vor allem aus der Politik. Da wurde jede Schwäche genutzt.
Aber Sie ahnen bestimmt schon, liebe Leser, dass sie nicht auf meine gut gemeinten Ratschläge hörte. Wie immer eben.

Es waren bewegte Zeiten. Die Lage der Nation war mehr als bedenklich. Die Regierung stand unter Dauerbeschuss, der Staat vor dem völligen Ruin, und der Vorsitzende des

hannoverschen Katzen-Kultur-Klubs, ein Hase namens Jean-Jacques, musste wegen Vorspiegelung falscher Tatsachen zurücktreten. Nach dreijähriger Amtszeit hatte sich herausgestellt, dass es sich bei Jean-Jacques gar nicht um einen Kater handelte, wie er immer behauptet hatte.
Zwar waren immer wieder Gerüchte im Umlauf gewesen, Jean-Jacques gehöre einer anderen Tierart – wahlweise Wiedehopf, Bullterrier oder Fischotter – an, aber er hatte jeden, der dieses öffentlich sagte, verklagt und aufgrund gefälschter Atteste eines befreundeten Tierarztes, wie sich jetzt herausgestellt hatte, sämtliche Verfahren gewonnen und damit seine Kritiker mundtot und bitterarm gemacht. (Die Anwaltskosten! Sie verstehen.)
Jean-Jacques hatte behauptet, einer sehr seltenen Katzengattung aus dem Vogelsbergkreis anzugehören. Dafür sprach, dass er seine Reden zwar sehr geschickt und pointiert, aber auch in gebrochenem Hessisch hielt.
Seinen französischen Akzent – er konnte kein »h« sprechen – habe er von seiner Mutter ererbt, die eine französische Prinzessin und irgendwie auch mit Ludwig XIV., Napoleon Bonaparte und Oskar Lafontaine verwandt sei bzw. von diesen abstamme. Dass es sich bei allen dreien überhaupt nicht um Katzen und bei Lafontaine noch nicht einmal um einen Franzosen handelte, durchschauten die naiven Vereinsmitglieder nicht. Ihr Allgemeinwissen hielt sich in sehr engen Grenzen.

Doch einmal war Professor E. T. A. Horstmann in den Klub mitgekommen. Er war gerade auf Vortragsreise in Deutschland und von einigen Vereinsmitgliedern eingeladen worden.
Er besuchte den Klub, sah Jean-Jacques und sprach, sodass es alle hören konnten: »Na, Wolfi, alte Socke! Wieder auf freiem Fuß?«
Und er erzählte den Anwesenden Folgendes:

1. Jean-Jacques war gar kein Kater, sondern ein Hase,
2. er hieß gar nicht Jean-Jacques, sondern Wolf-Rüdiger,
3. er kam weder aus dem Vogelsbergkreis noch sonst irgendwo in Hessen, sondern aus Hannover-Anderten, einem gar nicht so interessanten Teil der Stadt,
4. er war weder mit Oskar Lafontaine noch mit Napoleon verwandt (mit Ludwig XIV. schon, aber das erwähnte der Professor aus taktischen Gründen nicht), und
5. Wolf-Rüdiger war bereits wegen Betruges in einem besonders schweren Falle vorbestraft. Vor einigen Jahren hatte er sich im Hannoverschen Zoo sowie irrtümlich im Vogelpark Walsrode als indischer Elefant ausgegeben.

Der Skandal war da.
Wolf-Rüdiger wurde von der aufgebrachten Menge fast gelyncht und floh ins Exil nach Holzminden, wo er, aller Voraussicht nach, verarmt und seiner Ehre beraubt, seinen Lebensabend verbringen würde.

Der Katzen-Kultur-Klub drohte im Chaos zu versinken. Der Ruf nach einer harten Hand wurde laut. Diese glaubte Kniesel zu haben. Sie ließ sich zur nächsten Wahl aufstellen, die für den dreißigsten September terminiert wurde.
Insgesamt gab es vier Kandidaten für die Präsidentschaft:

- Oswald, einen debilen Straßenkater, der aber über einen unglaublichen Charme verfügte,
- Anatol, einen wunderschönen schwarzen Kater mit tollem Stammbaum und geringer Intelligenzleistung,
- Pompidou, einen tatsächlich französischen Kater, der aber zum Leidwesen aller grundsätzlich wirres Zeug von sich gab, und
- Kniesel, die einzige Frau, die sich zur Wahl stellte.

Der Wahlkampf begann sofort. Kniesel und ihre Helfer stellten umgehend Plakate mit ihrem Konterfei her. Die Fotos machte das leider nur semiprofessionelle Fotostudio ihres Kumpels Seidelbast.
Jetzt mal ganz im Ernst: Die Fotos sahen scheiße aus! Richtig SCHEISSE!
Ich hätte mich auch gern gewählter ausgedrückt, aber damit hätte ich die Ausmaße der Katastrophe nicht annähernd beschreiben können.
Auf den Plakaten hatte Seidelbast ihren Schnurrbart wegretuschiert, sie trug eine blonde Perücke (»Blond kommt bei Frauen immer gut«, sagte Seidelbast) mit Dauerwelle,

außerdem zeigte die kleine, zierliche Kniesel auf dem Foto ein Dekolleté, das mindestens auf Körbchengröße Doppel-D hindeutete. Ihre Haare waren aus dem Gesicht entfernt worden, dafür hatte sie knapp zwanzig Pfund Rouge aufgelegt, um frischer zu wirken. Weitere Details erspare ich mir, die Tendenz dürfte Ihnen jetzt bekannt sein.
Ihr Aussehen spottete jeder Beschreibung.

Doch das war nicht alles. Kniesel gründete zusammen mit ihren Freundinnen Elsbeth, Anatevka, Kriemhild und Spiderwoman (diese hieß deshalb so, weil sie irritierenderweise über acht Beine verfügte) die AFPIKKK, die Anachronistische Frauen Partei Im Katzen-Kultur-Klub. Sie hieß deshalb anachronistisch, weil die fünf das Wort so toll fanden. Bedeutung hatte dieser Name eigentlich nicht.
Nach und nach traten immer mehr weibliche Katzen ihrer Partei bei. Das Gleiche galt auch für Seidelbast, der ein rechter Filou war und auf diese Art und Weise versuchte, an einige attraktive Damen heranzukommen. Leider wurde er durchschaut und bekam einen Korb nach dem anderen.

Doch die Partei wurde zur Bewegung.
Überall in der Stadt hingen plötzlich Plakate mit der Aufschrift »Frauen-Power gegen fiese Männer-Cliquen« oder »Mit Kniesel Wunn in eine Welt voller Gerechtigkeit, Innovation und so«.

Vor allem letzteres Plakat gefiel eigentlich keinem so gut, aber es war ihnen einfach nichts Besseres eingefallen.
Kniesel hielt Brandreden vor Tausenden von enthusiastisch Beifall spendenden Katzen. Ja, ihre Partei organisierte sogar Benefizkonzerte mit bekannten Interpreten und Interpretinnen wie Ina Deter, Hanne Haller, Oli P., den Spice Girls sowie Herb Frei, dem singenden Steuerfachassistenten aus Lüdenscheid.
Leider trat auch Seidelbast als Stand-up-Comedian auf, aber nach dem dritten frauenfeindlichen Witz innerhalb einer Minute traf ihn eine Piccolo-Flasche Sekt mitten ins Gesicht, sodass er unter dem Beifall der Menge von der Bühne getragen und anschließend in die Tierärztliche Hochschule eingewiesen wurde.
Während Oswald, Anatol und Pompidou überhaupt keine Rolle spielten und sich auf ihren Kundgebungen - wenn man das so nennen will - höchstens drei bis sechs Zuschauer aus der eigenen Verwandtschaft einfanden, wurde Kniesel zum Kult-Star.
Junge Kätzchen trugen T-Shirts mit ihrem Konterfei über der ausgestopften Brust. Sie steckten sich Buttons mit ihrem Bild an, hängten sich Poster von ihr an die Wände, und es wurde Mode, sich den Schnurrbart und sämtliche Haare aus dem Gesicht zu rasieren, um dann das entstandene Vakuum mit Unmengen Rouge zuzuschminken.
Der Wahlkampf war ein Riesenerfolg, wenn man vielleicht von dem Workshop absieht, den Spiderwoman zum Thema »Acht Beine und trotzdem glücklich« abhalten

wollte. Dort erschienen nur einige Angehörige der verschiedensten Spinnenarten sowie aus Versehen ein leicht konfuser Tausendfüßler namens Ackermann, dem sie höflich, aber bestimmt die Tür wies.

Der dreißigste September war der Tag der Entscheidung. Alle, wirklich alle Katzen und Kater aus dem Ort gingen zur Wahl, und Kniesel gewann mit - halten Sie sich gut fest! - unglaublichen 111,9% die Wahl zur Präsidentin des Katzen-Kultur-Klubs. Zwar wurde Verwunderung und Kritik an dem Wahlergebnis laut, da eigentlich nur 100% Stimmen verteilt werden können, aber die Wahlleitung erklärte, dass auf Oswald minus 11,9% der Stimmen entfallen seien und dadurch wieder Kapazitäten im positiven Bereich frei geworden wären. Obwohl diese Argumentation nicht nur äußerst gewagt war, sondern sich spätestens nach genauer Betrachtung als gravierender Verstoß gegen jede jemals existierende mathematische Regel entpuppte, überzeugte sie alle Anwesenden.
Kniesel war also Präsidentin, und am darauf folgenden Sonntag sollte sie vereidigt werden.
Am siebenten Oktober um 11.00 Uhr Ortszeit fand die Vereidigung statt.
Alle wichtigen Mitglieder des Klubs hielten Reden und lobten Kniesel über den grünen Klee.
Gerade sollte sie aus der Hand des Leiters der Wahlkommission Zepter und Reichsapfel empfangen, als die Tür mit lautem Krach aufging.

Die knapp fünftausend Zuhörer wurden plötzlich ganz still. In diesem Moment hätte man eine Stecknadel fallen hören können. Gleiches gilt übrigens auch für Sicherheits-, Strick- und Tannennadeln.
Eine laute Stimme sprach in die Stille.
Sie sprach Hessisch.
Gebrochen Hessisch.
Jean-Jacques trat ein, gefolgt von Konrad Klötenkötter. Ja, Sie hören richtig, es war *der* Konrad Klötenkötter, der berühmteste Anwalt im gesamten deutschsprachigen Raum.
Jean-Jacques sagte nur: »Stopp! Jetzt komm ich.«
Dann erklommen er und sein Anwalt die Bühne. Sie stießen die dort versammelten Klub-Honoratioren sowie Kniesel zur Seite.
Dann verlas Klötenkötter eine Erklärung.
Jean-Jacques hatte während seiner Präsidentschaft die Statuten des Klubs verändert. Diese würden jetzt von Helfern der beiden im Saal verteilt. Dort stand: Jean-Jacques war Präsident auf Lebenszeit! Er konnte nicht abgewählt werden.
Das Publikum war entsetzt.
Anatevka rief: »Dann trete ich aus dem Klub aus! Ich lasse mir nichts von einem Mohrrüben-Fresser befehlen!«
Jetzt tobte das Publikum.
»Wir treten aus! Wir treten aus!«, ertönte es aus fünftausend Kehlen.
Jean-Jacques lächelte verschlagen.

»Das glaube ich kaum«, sagte er, »schaut, was noch in den Statuten steht: Wer einmal Mitglied ist, kann nie wieder austreten und hat dem Präsidenten Ehre zu erweisen und seinen Anordnungen zu folgen!«
Es kam, wie es kommen musste: Jean-Jacques - der auch wieder so genannt werden musste - übernahm Zepter und Reichsapfel, erhöhte sofort die Mitgliedsbeiträge um ein Mehrfaches und lebte davon in Saus und Braus, während seine Untergebenen aufgrund dessen immer mehr verarmten und an Selbstachtung verloren. Welch Schmach, von einem Hasen regiert zu werden!
Doch die Satzung war eindeutig, da gab es keinen Zweifel.

Immer, wenn Kniesel später ihre Kontoauszüge betrachtete, musste sie weinen. Denn natürlich hatte sie einen Dauerauftrag zum Bezahlen des Mitgliedsbeitrages im Katzen-Kultur-Klub laufen. Austreten ging ja nicht. Und was Recht ist, muss auch Recht bleiben.

Kniesel geht arbeiten

Es war November. Kniesel und ich litten unter dem schlechten Wetter, der ewigen Dunkelheit und ständiger Geldknappheit. Ich brauchte dringend Sonne, hatte aber kein Geld, um in den Süden zu fliegen. Dabei reizte mich der Gedanke an eine Karibik-Kreuzfahrt oder einen sechswöchigen Bali-Aufenthalt durchaus.

Ich hatte wirklich versucht, Geld zu verdienen. Hatte einen dreiwöchigen Kurs belegt, um als Wasserwerfer arbeiten zu können oder Waterthrow Manager, wie dieser Ausbildungsberuf offiziell genannt wurde. Danach arbeitete ich eine Zeit lang auf einer Baustelle und warf den Arbeitern auf Wunsch Wasserflaschen zu. Nach einiger Zeit sogar bis in den zehnten Stock und höher, und noch etwas später gelang mir das Gleiche auch mit Bier- und Fantaflaschen, viel später sogar mit Mixgetränken wie Gin Tonic und Caipirinha.

Ich hatte es also bereits zu einer gewissen Meisterschaft

gebracht, als ich zufällig mitbekam, dass sich zwei Kollegen herablassend über meine Frisur äußerten. Daraufhin boykottierte ich die beiden und wurde zu meiner Überraschung schon am dritten Tag des Boykotts fristlos entlassen. Anscheinend war meine Position doch nicht so stark gewesen, wie ich gedacht hatte.
Ein kurzes Intermezzo als Hochstapler in einem Getränkehandel endete jäh, als sich herausstellte, dass meine Kistenstapel immer wieder umkippten und meine Arbeit mehr Schaden anrichtete als Nutzen brachte. Aber da hatte ich auch schon längst keine Lust mehr gehabt zu arbeiten. Das frühe Aufstehen machte so müde, und auch sonst war mir die Sache irgendwie zu anstrengend.
Nur – woher sollte das Geld kommen? Einbrüche oder ähnliche kriminelle Aktionen zur Geldbeschaffung sind auch nicht so mein Ding. Ich bin einfach zu ungeschickt. Selbst Ladendiebstähle von mir wären definitiv zum Scheitern verurteilt. Um Schutzgelder zu erpressen, bin ich zu schüchtern, und für einen Profi-Killer habe ich zu unruhige Hände. Eine kriminelle Karriere schied somit definitiv aus. Ich war also weiter dazu verurteilt, unseren Lebensunterhalt auf legale Weise zu bestreiten.

Ich zermarterte mir den Kopf. Dann kam mir die Idee: Arbeiten schied aus, aber nur was mich betraf. Meine Katze Kniesel konnte etwas Bewegung durchaus vertragen. Seit ihrem blamablen Scheitern im Katzen-Kultur-Klub hatte sie sich mehr und mehr zurückgezogen und irgendwann

jegliche Aktivität eingestellt, außer mir auf die Nerven zu gehen natürlich. Diese herausragende Fähigkeit würde sie wohl nie einbüßen.
Wenn ich sie also arbeiten schickte, würde ich zwei Fliegen mit einer Klappe schlagen. Erstens wäre ich sie den Tag über los, und zweitens würde sich mein Konto füllen.
Beflügelt durch meinen Geistesblitz informierte ich mich in der Nachbarschaft über mögliche Jobs für Kniesel. Schon nach wenigen Tagen trat sie zum ersten Vorstellungsgespräch an. Sie war durchaus nicht chancenlos, denn in ihrem Lebenslauf stand immerhin die Präsidentschaft in einem nicht wenig einflussreichen Verein des öffentlichen Lebens der Stadt verzeichnet. Und nicht jeder, vor allem die Menschen nicht, hatte mitbekommen, wie desaströs die Sache für sie geendet hatte.

Bei uns in der Nähe wohnte eine reiche Fabrikantenfamilie. Die Saratowskis hatten neben elf Hunden, für die bereits Personal da war, auch eine Katze, die gerade zweiunddreißig Junge geworfen hatte. Die hohe Anzahl von Jungen war deshalb zustande gekommen, weil sich das Muttertier nach jahrelanger Unfruchtbarkeit einer Hormonbehandlung unterzogen hatte. Diese hatte dann zum Leidwesen aller Beteiligten extrem gut angeschlagen.
Kniesel war als Babysitterin, Gouvernante und zum Teil auch als Bodyguard für die Kleinen gegenüber den teilweise aggressiven Kampfhunden der Saratowskis ausersehen. Die melancholische Katzenmutter schied für diese

Aufgaben inzwischen aus. Sie stand seit der drei Tage und drei Nächte dauernden Geburt unter starken Beruhigungsmitteln, lag den ganzen Tag in einem abgedunkelten Raum und sah sich zweitklassige Vorabendserien sowie inhaltlich noch weitaus schwächere Magazine mit Frauke Ludowig oder Birgit Schrowange im Fernsehen an. War der Fernseher einmal ausgeschaltet, hörte sie schwermütige russische Musik, die mit flämischen Texten versehen waren.
Zu Deutsch: die Frau war am Ende und schied für die Kindererziehung definitiv und wohl dauerhaft aus.

Als Kniesel zum Vorstellungsgespräch antrat, musste sie gleich ihre erste Probe bestehen. Kaum hatte sie das Grundstück der Saratowskis betreten, da sprang ein zirka acht Meter großer Hund auf sie zu, fletschte die Zähne, knurrte furchterregend und machte auch ansonsten den Eindruck, als wolle er sie auffressen. Doch er hatte die Rechnung ohne Kniesel gemacht, die während ihrer Parteivorsitzenden-Zeit einen Selbstverteidigungskurs für Frauen besucht und mit »Summa cum laude« abgeschlossen hatte. Wie der Blitz sprang sie auf, rannte hakenschlagend durch den Garten, hüpfte auf einen Ast des großen Walnussbaumes auf dem Anwesen der Fabrikantenfamilie, schwang mit dem Körper aus und trat den Hund genau zwischen die Augen. Anschließend sprang sie auf den Boden, stellte sich vor ihn hin, öffnete ihr neues Handtäschchen und spritzte der Bestie CS-Gas in die Augen. Der

Hund jaulte auf. Kniesel schimpfte wie ein Rohrspatz. »Wo kommen wir da hin, wenn man heutzutage als Frau nicht einmal mehr ungefährdet zur Arbeit gehen kann?«, brüllte sie dem anderen Tier ins Gesicht.
Die Bestie war völlig verängstigt. Unter Tränen - nicht nur aufgrund des Reizgases - entschuldigte sie sich. Eigentlich habe sie, oder besser er, denn es handelte sich um ein Männchen, gar nichts gegen Katzen. Im Gegenteil, er leide seit einiger Zeit unter einer Katzenphobie. Und da er es als Mann nicht mit seiner Ehre vereinbaren könne wegzulaufen, habe er sich eine extreme Aggressivität antrainiert, um seine Schwäche nicht vor anderen eingestehen zu müssen.
Das machte Kniesel nachdenklich. Der Hund - sein Name war übrigens Bodo - benahm sich nur deshalb so schrecklich und angsteinflößend, um seine weiche, verletzliche Seele zu verbergen. Als sie in seine pechschwarzen, von tiefster Traurigkeit gezeichneten Augen sah, schluckte sie ein paar Tränen des Mitleids hinunter. Doch dann reagierte sie ganz professionell: Vor Jahren hatte sie einmal einen Lehrgang für Tiertherapeuten besucht und abgeschlossen. Jetzt bot sie Bodo eine Gesprächstherapie an (gegen ein nicht unerhebliches Entgelt, versteht sich).
Bodo erleichterte dies sehr, und er nahm dankend an. Wenn auch erst nachdem ihm Kniesel versichert hatte, dass sie an sich ganz friedlich sei und seine ständige Konfrontation mit ihr, einer Katze, zur Abhärtung dienen würde. Vor allem das Wort »Abhärtung« überzeugte Bodo,

denn unter anderem versuchte er seine Schwächen ja mit überzogenem Männlichkeitsgehabe zu überspielen.

Nachdem sie einen Termin ausgemacht hatten und Kniesel bereits einen ordentlichen Vorschuss kassiert hatte, ging sie weiter in Richtung Eingang. Sie sah ihr Spiegelbild in der imposanten Glastür und war erstaunt, wie gut ihre Frisur trotz des anstrengenden Kampfes mit Bodo noch saß. Ihr neuer Haarlack schien sich wirklich bezahlt zu machen.

Sie klingelte.

Die Tür öffnete sich, und Kniesel erschrak. Vor ihr stand eine mittelalterliche Frau mit Ledermini, blonder Lockenmähne und ungefähr sechzig Farbtönen im Gesicht. Als das Gesicht der Frau Kniesel erblickte, lächelte es freundlich, aber reserviert. Der knallrot geschminkte Mund formulierte: »Oh, Sie müssen die Freifrau von und zu Wunn sein (Kniesel und ich hatten bei der Bewerbung etwas gemogelt). Kommen Sie doch herein. Mein Name ist Elsbeth Müntefering-Saratowski, aber meine Freunde nennen mich nur Else. Es reicht mir, wenn sie mich mit ›gnädige Frau‹ ansprechen.«

Sie führte Kniesel in ein geschmackvoll eingerichtetes Wohnzimmer. Alles war aus Marmor, Messing oder Gold, wenn man vielleicht mal von der Krokodilleder-Couch und der Teakholz-Anrichte absah.

Frau Saratowski bot Kniesel Sherry an, und nach einigen Gläschen waren die beiden die dicksten Freundinnen. Und

kurz danach waren Elsbeth Müntefering-Saratowski und Freifrau Kniesel von und zu Wunn nicht mehr Elsbeth Müntefering-Saratowski und Freifrau Kniesel von und zu Wunn, sondern Else und Kniesy.
Doch bald war Kniesel ernüchtert. Denn als sie den Katzentrakt betrat, schlug ihr beißender Geruch entgegen. Als sie weiterging, liefen reihenweise kleine Kätzchen grußlos an ihr vorbei, und als sie die Wohnung der Katzenfamilie betrat, dachte sie zuerst, hier wäre vor kurzem der Ostwestfale oder zumindest nordfriesische Truppen eingefallen. Die Möbel waren zerkratzt oder zerstört, der Herd brannte lichterloh und der Fußboden stand aus unerfindlichen Gründen unter Wasser.
Aus dem Nachbarzimmer erklang gerade die Erkennungsmelodie von »Marienhof«, und sie sah die Umrisse einer verhärmten Katzengestalt, die sich gerade eine übel riechende Zigarre anzündete. Jetzt wurde Kniesel schlagartig klar, warum sie für den Job sechshundert Euro am Tag bekommen sollte und warum man ihr vorhin den Sherry angeboten hatte. Doch der Alkohol hatte sie nicht willenlos gemacht.
So schnell wie möglich machte sie sich aus dem Staub und anschließend eine Tiertherapiepraxis in der Stadt auf.

Mir war das natürlich nur recht. Durch Kniesels Praxis wurde ich von ihr mitversorgt und konnte weiterhin frohgemut dem Müßiggang frönen. Hätte ich gewusst, was mich erwartete, hätte ich wohl eher einen Job als Dampfplauderer angenommen oder mich als professioneller Mauersegler selbständig gemacht (vor allem der Job auf der Chinesischen Mauer galt als sehr lukrativ).

Vom Himmel in die Gosse und zurück

Kniesels Tiertherapiepraxis entwickelte sich blendend. Ihr treuester Kunde Bodo kam mehrmals täglich zum Gespräch und hatte schon einen Großteil seines Vermögens in Honorare an sie investiert.

Außerdem brachten diverse hysterische Katzen sowie eine schwer gestörte Amsel namens Jelinek ordentlich Geld in die Kasse.

Obwohl es sich bei ihrer Praxis ausdrücklich um eine Tiertherapiepraxis handelte, behandelte sie auch die menschlichen Honoratioren der Stadt und des Umkreises wie Gemeindedirektor Espelkamp und Dr. Dr. von Katzmarek, den sportpädagogischen Leiter der Ostwestfälischen Anstalten Bad Oeynhausen e. V. oder einer ähnlich weit entfernten Stadt. Ich weiß das im Moment nicht mehr so genau.

Bald wurde es in der feinen Gesellschaft chic, sich von einer Katze therapieren zu lassen. Sie war Gesprächsthema auf Partys, wurde sogar zu Grundsteinlegungen von ICE-Trassen eingeladen, und vom Metzger bekam sie nicht mehr wie früher die Abfälle, sondern das beste Fleisch, das der Laden im Angebot hatte. Zwar konnte Kniesel damit nicht viel anfangen, aber ich war ja auch noch da, und ich liebe z. B. frisches Thüringer Mett.

Auch ansonsten profitierte ich durch Kniesels plötzlichen Reichtum enorm. Wir hatten eine neue Villa in der besten Gegend Hannovers sowie sechzehn Fincas auf Mallorca erworben.

Oft saßen wir an verlängerten Wochenenden unter südlicher Sonne am Swimmingpool und tranken literweise Longdrinks (ich) oder frische Milch der besten Qualität (Kniesel) aus diamantbesetzten Bechern von purem Gold. Außerdem hatte Kniesel einen Fünf-Sterne-Koch verpflichtet, der nicht nur die köstlichsten Katzengerichte (vor allem Ratte Mandarin-Art, Maus im Teigmantel oder diverse Singvögel-Eintöpfe) zubereiten konnte, sondern sogar bereit war, seine Berufsehre dermaßen zu ignorieren, dass er mir dreimal die Woche Pommes rot-weiß zubereitete.

Doch die Idylle war nur von kurzer Dauer. Noch lange werde ich mich an unseren schwarzen Tag erinnern.

Wir flanierten gerade über die Champs-Élysées in Paris, wohin wir zu einem ausgedehnten Shopping-Wochenende aufgebrochen waren, als Kniesels Handy klingelte.

Am Apparat war unsere Haushälterin. Die Arme war völlig aufgelöst und berichtete unter Tränen, dass sowohl unser Haus als auch die Praxis durchsucht und fast alles beschlagnahmt worden sei. Letzteres galt sogar kurzfristig für diverse Hausmädchen, was aber bald rückgängig gemacht wurde, da den leitenden Ermittler wohl unlautere Beweggründe zu diesem Schritt bewogen hatten.
Wir flogen sofort zurück.
Nachdem wir die verwüstete Praxis und das nicht minder chaotisch aussehende Haus besichtigt und unsere Hausangestellten mit größter Mühe beruhigt hatten, wendeten wir uns an die Staatsanwaltschaft.
Was wir erfuhren, brachte unsere gesamte Existenz in Gefahr.
Kniesel hätte nie eine Tiertherapiepraxis aufmachen dürfen!
Selbst wenn die Urkunde gültig gewesen wäre, hätte sie nur Tiere therapieren dürfen, auf keinen Fall Menschen, auch nicht Gemeindedirektor Espelkamp oder Dr. Dr. von Katzmarek.
Doch die Urkunde war nicht gültig. Kniesel hatte gar keine Befugnis zum Therapieren irgendwelcher Lebewesen.
Auf dem Papier zum Erwerb der Therapieerlaubnis stand wörtlich »Kniesel Wunn, geboren in Clausthal-Zellerfeld, wird hiermit zur Diplom-Tiertherapeutin honoris causa ernannt.« Kniesel konnte zwar sprechen, aber kein Latein. Sie hatte die Worte »honoris causa« für eine schicke Beifügung gehalten und sich ansonsten keine weiteren

Gedanken gemacht. Aber das »ehrenhalber« bedeutete, dass sie keinerlei Therapieerlaubnis und dadurch ihr Geld unrechtmäßig erworben hatte. Dass der Lehrgang sowieso ungültig war, weil es sich bei dem Kursleiter um einen Betrüger handelte, der solche Urkunden gar nicht ausstellen durfte, spielte da schon keine Rolle mehr.

Kniesel war am Boden. Aber das war gar nichts gegen die Existenzängste, die mich plagten! Ich hatte das Nichtstun genossen. Die tollen Häuser, Apartments und Fincas, die exklusiven Fernreisen, ganz zu schweigen von der Anwesenheit junger attraktiver Hausmädchen, die ich selbst eingestellt hatte. Das alles sollte jetzt zu Ende sein. Vorsichtshalber versuchte ich, mit Kniesels verschiedenen Kreditkarten Geld abzuheben. Sie waren alle gesperrt. Ich war von tiefstem Herzen froh, vor einiger Zeit aus einer spontanen Eingebung heraus ungefähr hunderttausend Euro von ihren letzten Monatseinnahmen abgehoben und in einer Nacht-und-Nebel-Aktion im Stadtpark vergraben zu haben.
Kniesel wusste nichts davon. Sie würde es erfahren, wenn die Zeit reif wäre. Oder eben auch nicht.

Eins war mir jedenfalls klar geworden: Ich war zum Feiern, Reisen und Faulenzen geboren, nicht zum Arbeiten. Deshalb suchte ich rasch nach der Pleite wieder nach einem Job für Kniesel.
Erst dachte ich an eine Arbeit als Fotomodell. Sie war zwar

weder jung noch attraktiv, aber originell. Die Beine könnte man notfalls rasieren, das machten auch andere. Aber in den verschiedenen Modelagenturen sagte man mir, dass weibliche Fotomodelle mindestens eins siebzig groß sein müssten. Danach gab ich auf. Wenn sich Kniesel auf die Krallenspitzen stellt, kommt sie vielleicht auf einen halben Meter.

Aber ich suchte weiter, während Kniesel aufgrund der Wirren um sie vollständig durcheinander war und inzwischen eine Gesprächstherapie mit sich selbst begonnen hatte.

Einmal sah ich ihr zu, wie sie sich therapierte.

Sie zog einen weißen Kittel an und sagte mit tiefer Stimme:

»Na, Frau Wunn, wie geht's uns denn heute?«

Dann zog sie den Kittel aus und setzte sich auf den gegenüberliegenden Stuhl.

»Ach, wissen Sie, Frau Doktor, mein Leben ist ein Jammertal. Alles geht drunter und drüber, meine Existenz ist bedroht, und ich habe inzwischen ständige Kopfschmerzen.«

Als sie den Kittel wieder anhatte, antwortete sie:

»Ja, Frau Wunn, ich kann mir gut vorstellen, dass Sie das so erleben. Gut, dass dieser Schwachsinn jeder Grundlage entbehrt. Was soll ich denn sagen? Ich habe seit gestern so ein Ziehen in der Leiste. Seien Sie froh, dass Sie nicht an meiner Stelle sind!«

Sie guckte auf die Uhr.

»Oh, so spät ist es schon. Ich muss zum Wohltätigkeitsessen von Gräfin Simpeldimpel-Heiermann. Also Tschüs und Kopf hoch. Wird schon wieder.«

Das reichte mir. Nachdem ich Zeuge ihrer Behandlungsmethoden geworden war, überkam mich irgendwie ein Gefühl größter Erleichterung, dass sie nicht mehr therapierte. Das sollte sie vielleicht doch anderen überlassen. Ich hoffte von tiefstem Herzen, dass sie dem ängstlich-depressiven Kampfhund Bodo keinen zu großen Schaden zugefügt hatte.

Doch ich hatte noch mehr gesehen. Kniesel war ein Schauspieltalent. Vielleicht eines der größten in Deutschland überhaupt!

Ihre nächste Eigentherapie nahm ich heimlich mit einer Videokamera auf und schickte die Kassette an einige der bekanntesten Schauspielagenturen Deutschlands.

Vielleicht kennen Sie Kniesels Gesicht besser, als Sie sich vorgestellt haben. Sie spielte anschließend die Hauptrolle in der Fernsehserie »Notärztin Dr. Elberfeld – immer im Einsatz«. Einige Zeit moderierte sie die Neuauflage von »Gesundheitsmagazin Praxis«, und aufgrund ihrer Vergangenheit als Promi-Therapeutin schrieb sie medizinische Kolumnen in verschiedenen Herren-, Frauen-, Fußball-, Golf- und Fernsehmagazinen sowie in Bravo-Girl.

Für Kniesel hieß das Arbeit und Kohle ohne Ende, und für mich Kohle ohne Ende und Feiern bis zum Abwinken.

Was den Kampfhund Bodo betrifft, so hatte er inzwischen seinen Weg im Leben gefunden und vor kurzem die Selbsthilfegruppe »Kampfhund in Angst« aufgemacht. Aus mir völlig schleierhaften Gründen schickte er Kniesel noch oft Dankesbriefe und rote Rosen.

Die Vertreibung aus Hannover

Kniesel war dick im Geschäft. Neben »Notärztin Dr. Elberfeld« spielte sie auch noch in der Serie »Verliebt in Bad Ems« eine unglaublich nervige Katze, also praktisch sich selbst. Zur gleichen Zeit war sie im »Tatort« als psychopathische Massenmörderkatze und in »Kommissar Rex« als Urlaubsvertretung des Namensgebers der Sendung besetzt. Sie war in aller Munde. Und auf allen Kanälen.

Sie begann sich zu verändern. Es fing damit an, dass sie zahlreiche Bodyguards einstellte, die den ganzen Laden lahmlegten, wenn sie nur einmal einkaufen ging. Aber auch das machte sie bald nicht mehr selbst. Dafür war niederes Volk, also ich, zuständig. Kniesel entwickelte sich in rasantem Tempo zur Diva. Man kann auch sagen, sie drehte völlig durch.

Sie entwickelte einen Schuhtick und hatte recht schnell viertausend Paar Schuhe in ihrem Besitz (zweitausend für die Vorder- und zweitausend für die Hinterpfoten). Wir mussten dafür sogar eigene Räumlichkeiten anmieten und eine Schuhpflegerin einstellen. Nach Feierabend liebte es Kniesel, durch die Schuhhalle zu stolzieren und ihre blitzblank geputzten Besitztümer zu bewundern.

Doch irgendwann und schneller als je erwartet, hatte sich ihr Gesicht ausgesendet. Die Leute wollten sie einfach nicht mehr sehen. Viele hatten ihr auch übel genommen, dass sie im »Tatort« den netten Kommissar Pempelfort auf wirklich sehr unfeine Art und Weise ermordet hatte.
Die Einschaltquoten der Serien und Sendungen begannen dramatisch zu sinken. Ihr Stern damit auch. Ihr Auftritt im Big-Brother-Container geriet zur Lachnummer, die anderen Bewohner respektierten sie dermaßen wenig, dass sie ihr Blechdosen an den Schwanz banden.
Danach war sie völlig unten durch, und auch ihre bis dahin noch zahlreichen Zeitungskolumnen wurden über Nacht und ohne Ausnahme gekündigt.
In dieser unangenehmen Situation gab es nur einen kleinen Lichtblick. Früher hätte sie darüber gelacht. Aber in der derzeitigen Situation war sie froh über jeden Auftrag.

Kniesel war für eine Statistenrolle in »Hamlet« beim Sommertheater in den Herrenhäuser Gärten vorgesehen. Doch als sie auf die Bühne durfte, gingen ihr ihre durch den gesellschaftlichen Abstieg arg strapazierten Nerven durch, sie prügelte ohne Vorwarnung den Hauptdarsteller mit einem auf der Bühne liegenden Baseballschläger (es handelte sich um eine sehr moderne Version von »Hamlet«) von dieser herunter, fing an, eigene Verse zu rezitieren (»... etwas ist faul in der Gemeinde Wedemark ...«) und begann mit dünner, aber lauter Stimme hervorragende, aber leicht veränderte Lieder (»Don't cry for me, East Westphalia ...«) völlig falsch zu intonieren. Anfangs sang sie, oder besser, sie *versuchte*, Arien aus bekannten Musikdramen wie »Cats« oder der »Dreigroschenoper« zu singen, um dann langsam, aber sicher in die Niederungen der reinen Unterhaltungsmusik abzugleiten.

Das Publikum, das ihren Auftritt – immer wieder unterbrochen von Angriffen der Theatercrew, denen sie mit Mut und Schläger souverän trotzte – zuerst für einen dramaturgischen Kunstgriff des Regisseurs gehalten hatte, wurde langsam unruhig, als sie nach den »Caprifischern« auch noch »Humba, humba, humba, hum Bonanza« oder so ähnlich zum Besten gab, um dann übergangslos das »Knallrote Gummiboot« von Wencke Myhre vorzutragen.

Es war ein grotesker Anblick: Hinter der Bühne türmten sich ungefähr dreißig leicht- bis mittelschwer verletzte Theaterleute, auf der Bühne stand ein völlig enthemmtes Pelztier, das grässliche Lieder mit noch grässlicherer Stimme zum Besten gab, und das Publikum war verunsichert und wusste nun überhaupt nicht mehr, was Sache war.

Der Tumult brach los, als eine mittelalterliche Frau im langen Abendkleid mit Perlenkette und baumelnden Ohrringen rief: »Auf sie!« Der Rest des Publikums reagierte.

Wie ein Mann sprangen die Menschen auf, bewaffneten sich mit Regenschirmen und schnell aus den umliegenden Hecken gerissenen Stöcken und stürzten auf Kniesel zu. Diese – gerade bei einem Medley von Roberto-Blanco-Liedern angelangt – vergaß ihre ansonsten extrem lange Leitung und war in Sekundenschnelle in Richtung Nordstadt verschwunden.
Während das total außer Kontrolle geratende Publikum alles kurz- und kleinschlug, kamen mit lautem Sirenengeheul mehrere Hundertschaften der örtlichen Polizei sowie durch einen Übermittlungsfehler auch neunundsiebzig Löschzüge aus ganz Niedersachsen und jede Menge Krankenwagen am Tatort an.
Die Szenerie war gespenstisch. Am Schluss der ganzen Aktion waren neunzig Zuschauer sowie – als angeblicher Rädelsführer – der Regisseur des Stückes verhaftet worden.
Und Kniesel wurde zuerst in Niedersachsen, später in ganz Deutschland und noch später von Interpol in der ganzen Welt gesucht.

Selbstverständlich suchte sie zuerst bei mir Zuflucht, und ich brachte es nicht übers Herz, sie alleine fliehen zu lassen.
Sie war ein schwieriger Charakter, und wir hatten gerade in der letzten Zeit viel miteinander gestritten, aber mir war klar geworden, dass wir trotzdem zueinander gehörten.

Ich erinnerte mich an das vor einiger Zeit vergrabene Geld, versteckte Kniesel im Keller, ging im Schutz der Dunkelheit zum Stadtpark und grub es wieder aus. Zu meiner Erleichterung war es noch vollzählig und unversehrt. Anschließend packten wir das Nötigste zusammen (die Schuhe fielen nicht darunter) und nahmen den nächsten Zug in Richtung Süden.

Das Ungeheuer von Heidelberg

Als der Zug am Bahnhof Heidelberg hielt, stiegen wir aus. Ich kannte Heidelberg von einem früheren Besuch und erinnerte mich an die laue Luft im Frühling, der dort eher begann als in Hannover, und mir hatte schon damals die ein wenig mediterran anmutende Atmosphäre und der Blick vom Philosophenweg auf die Stadt gefallen.
Kurzum: Hier wollten wir bleiben.
Wir mieteten uns zunächst in einem Hotel ein, doch schon bald hatten wir ein gemütliches Zwei-Zimmer-Küche-Bad-Abstellraum-plus-Balkon-Apartment im Heidelberger Stadtteil Handschuhsheim gefunden. Das Mobiliar bezogen wir erst aus einem Möbellager der Caritas, später kauften wir nach und nach neues hinzu.

Nun fragt sich der Leser sicherlich, wie Kniesel und ich denn so unbehelligt in Heidelberg ein neues Leben anfangen konnten.

Ganz einfach: Wir hatten einen beträchtlichen Teil der im Stadtpark vergrabenen Summe in eine Gesichtsoperation Kniesels investiert. Statt ihrer kleinen Stupsnase hatte sie jetzt eine Pinocchio-ähnliche Langnase samt Warze obendrauf. Das war billiger und außerdem besser als die zu erwartende jahrelange Dunkelhaft in einem tristen Hochsicherheitstrakt in Stammheim oder einem anderen Gefängnis. Zusätzlich hatten wir ihr Fell grün gefärbt, und sie trug Kontaktlinsen, die ihr eine blaue Augenfarbe verliehen.

Sicherlich sagen Sie jetzt: »Das sieht doch überhaupt nicht unauffällig aus, da guckt doch jeder hin!« Stimmt – aber Angriff ist die beste Verteidigung, und als Kniesel war sie jedenfalls nicht mehr zu erkennen. Hinzu kam, dass die traditionelle Tarnkleidung, also Hut, Trenchcoat und Sonnenbrille, bei einer Katze irgendwie auch blöd aussieht.

Wir fühlten uns sehr wohl in Heidelberg, hatten die nette Wohnung und genug Geld übrig, um uns ein sorgenfreies Leben leisten zu können. Oft frühstückten wir in Lokalen der Altstadt und genossen es, inkognito zu sein, denn dadurch, dass Kniesel ihr Aussehen verändert hatte, musste sie jetzt auch keine Autogramme mehr geben oder sich beschimpfen lassen, weil sie damals im »Tatort« den armen Kommissar Pempelfort zur Strecke gebracht hatte.

Eines Tages saßen wir, wie so oft, am Neckarufer und sonnten uns.

Was wir nicht wussten: Wir waren in Lebensgefahr!
Wir wunderten uns lediglich, dass die sonst so belebten Neckarwiesen an diesem Tag leer waren. Nur Kniesel und ich hatten den Weg hergefunden. Den Grund hätten wir niemals erraten: Im Neckar lebte ein Ungeheuer, das nach Augenzeugenberichten mindestens zwanzig Meter groß und unglaublich aggressiv war. Manche meinten, es sehe mindestens so gefährlich aus wie ein Tyrannosaurus Rex, andere widersprachen und hielten diesen Vergleich für viel zu harmlos. Zum Glück waren die Opfer immer mit dem Schrecken davongekommen, doch man befürchtete, dass bald eine Katastrophe geschehen würde.
Ganz Heidelberg war wie ausgestorben. Die Bewohner hatten ihre Wohnungen und Häuser verrammelt und zitterten in den eigenen vier Wänden. Eigentlich hatte man Polizeipatrouillen einsetzen wollen, um die öffentliche Sicherheit aufrechtzuerhalten, aber die Ordnungskräfte hatten sich geschlossen geweigert, diesen gefährlichen Auftrag auszuführen. So kam es, dass außer uns nur ein paar mutige GSG-9-Mitarbeiter in Heidelberg frei herumliefen.
Kniesel und mir war zwar aufgefallen, dass die Stadt menschenleer war, aber im Grunde waren wir ganz froh darüber, denn so wurden wir nicht behelligt und konnten uns in Frieden sonnen.
Doch dann geschah es: Urplötzlich rollte eine riesige Flutwelle über die Neckarwiese, sodass wir klatschnass wurden und auch den einen oder anderen Liter Wasser schlu-

cken mussten. Als wir wieder hochkamen, erblickten wir eine riesige, grasgrüne Gestalt, die aus dem Wasser stieg. Mit lauter Stimme und westfälischem Akzent rief sie: »Hinfort ihr Würmer! Ich bin Godzilla, das Ungeheuer der Ungeheuer. Das größte und gefährlichste Monster der Rhein-Neckar-Region sowie der umliegenden Kreise und Gemeinden! In echt!«

Erschrocken zog ich mich hinter die Hecke an den Parkplätzen zurück. Von dort aus sah ich eine Heldin. Kniesel reagierte gar nicht geschockt, sondern ging furchtlos auf das Monster zu und rief: »Hören Sie auf mit dem Quatsch, Herr Dr. Dr. von Katzmarek, ich habe Sie erkannt! Ziehen Sie Ihre alberne Verkleidung aus und kommen Sie zu mir! Ich befürchte, wir müssen dringend miteinander reden!«

Und das Unfassbare passierte: Das Monster brach einfach in sich zusammen. Eine komplizierte Holzkonstruktion sowie jede Menge Elektronik wurden sichtbar. Unter der Verkleidung stieg ein blässliches, mittelalterliches Männlein mit braunem Seitenscheitel und gleichfarbigem Schnurrbart hervor. Dr. Dr. von Katzmarek, sportpädagogischer Leiter der Ostwestfälischen Anstalten Bad Oeynhausen e. V., ehemaliger Patient aus Kniesels Therapiezeiten in Hannover!

Er weinte bitterlich und erzählte uns anschließend, dass er seine Taten aus Verzweiflung begangen habe. Vor wenigen Monaten war er seiner Stelle aus Kostengründen enthoben worden. Stattdessen wurde dort jetzt eine 400-Euro-Kraft beschäftigt. Man habe ihm sogar mit auf den

Weg gegeben, dass kompetenz- und kopfloses Agieren auch ohne ihn und mit erheblich geringerem finanziellem Aufwand stattfinden könne.
Von Katzmarek, der seinen Beruf als Lebensaufgabe gesehen hatte, hatten diese Vorkommnisse über die Maßen getroffen und völlig aus der Bahn geworfen. Auch erzählte er uns, wie sehr ihm Kniesels therapeutischer Beistand gefehlt habe.
»Sie wussten immer einen Rat«, sagte er zu ihr, während er zum wiederholten Male in Tränen ausbrach. »Mit Ihnen im Rücken wäre das alles nicht passiert.«
Ich reichte ihm ein Taschentuch und wunderte mich. So schlecht, wie ich gedacht hatte, war Kniesel als Therapeutin anscheinend doch nicht gewesen.
Aufgrund seiner aussichtslosen und für ihn demütigenden Situation hatte sich Katzmarek in nächtelangen Sitzungen dieses Monster mit hochkomplizierten, elektronischen Konstruktionen erschaffen, um sich an der ihn missachtenden Umwelt zu rächen, indem er die Menschen in Angst und Schrecken versetzte. Heidelberg war nur ein Probelauf gewesen, um später in Bad Oeynhausen »richtig aufräumen zu können«, wie er es nannte.
Kniesel und ich überredeten ihn behutsam, sich der Polizei zu stellen und den Kampf aufzugeben.

Durch ihre heldenhafte Leistung wurde Kniesel in Heidelberg und weltweit bekannt. Sämtliche Haftbefehle gegen sie wurden aufgehoben, und plötzlich zahlreich auftau-

chende Gönner finanzierten ihr eine weitere Gesichtsoperation, bei der sie ihre alte Nase wiederbekam.
Wir blieben in Heidelberg und genossen das Leben, das Flair und das Sonnen auf den Neckarwiesen in unserer neuen Wahlheimat. Und wenn schlechtes Wetter war, besuchten wir gerne Dr. Dr. von Katzmarek in der forensischen Abteilung der Psychiatrischen Klinik in Wiesloch, wo er noch lange untergebracht sein wird.
Trotzdem ist er ein gemachter Mann, denn er hat seine Lebensgeschichte nach Hollywood verkauft. Sie wird demnächst unter Regie von Roland Emmerich mit Brad Pitt als Katzmarek, Danny de Vito als Kniesel und Roger Whittaker in meiner Rolle verfilmt.

Der Planet der Religionspädagogen

Es verging der Herbst, es kam der Winter. Wir verbrachten viel Zeit in warmen Heidelberger Kneipenräumen und diskutierten mit unseren neuen Freunden Yin und Yang, zwei tibetanischen Riesenschildkröten, die an der Uni Heidelberg Gemeinschaftskunde und Mathematik studierten, über Gott und die Welt. Über den Dalai Lama, über Britney Spears und über Kniesels roten Skianzug, den sie stolz spazieren führte. Wir genossen diese Treffen sehr. Doch bald war auch das vorbei. Unsere Freunde mussten die Uni wegen Überschreitung der Regelstudienzeit nach siebzig Semestern verlassen und in ihre Heimat zurück, in der sich in den Jahren vieles geändert hatte. Nach ihrer Abreise im Februar belegten Kniesel und ich an der Volkshochschule noch den Kurs »Kurpfälzisch als Fremdsprache«, um Sprache und Kultur, die in diesem Kurs auch nicht zu kurz kam, unserer neuen Wahlheimat besser kennenzulernen, und auch ein wenig, um die Zeit totzuschlagen.

Und irgendwann war wieder Frühling und der Winter, der hier vor allem Regen brachte, überstanden. Ich wusste noch nicht, dass unser nächstes Abenteuer schon vor der Tür stand.

Es war der dritte Mai.
Mein Wecker zeigte genau 08.39 Uhr mitteleuropäischer Zeit an. Ich hatte eigentlich beschlossen auszuschlafen, doch es kam anders. Ganz anders.
Ich lag noch dösend im Bett, als plötzlich Kniesel laut schreiend in mein Zimmer kam. »Wach auf! Wach auf! Carsten«, rief sie, »ich habe gewonnen!«
»Super«, sagte ich und drehte mich um.
»Ich habe eine Reise gewonnen«, schrie sie noch lauter und vor allem mehrfach. Die Nachbarn rechts, links, über und unter uns sowie alle anderen Hausbewohner klopften bereits. Da Kniesel immer sehr laut war, war es für sie schon zur Routine geworden. Wir alle wussten, dass es nichts brachte, aber so hatten sie wenigstens das Gefühl, überhaupt etwas getan zu haben, wie mir ein Nachbar einmal erzählte.
An Schlaf war nicht mehr zu denken, also konnte ich mir ihre Geschichte auch anhören.
Was Kniesel zu berichten hatte, erstaunte mich sehr. Sie nahm ständig an irgendwelchen Preisausschreiben teil, und diesmal – in der Rhein-Neckar-Zeitung – hatte sie tatsächlich gewonnen. Erster Preis!
Kniesel hatte dazugelernt. Früher hatte sie die Rätsel im-

mer alleine gelöst und aufgrund ihres kaum vorhandenen Allgemeinwissens keine wirkliche Chance gehabt, sie auch richtig zu lösen. Langeoog, so etwas konnte ihr jetzt nicht mehr passieren! Das Geheimnis ihres Erfolges war ein Rätsellexikon. Vielleicht ein wenig unsportlich, aber effektiv.

Nun hatte sie die gute Nachricht bekommen: Sie hatte eine Reise in den Weltraum für zwei Personen gewonnen.

Schnell erfuhr ich, dass ich als ihre Begleitung vorgesehen war. Ich war nur wenig begeistert. Kniesels Ausflug auf den Mond mit Fred und Seidelbast war ja nun kein so großer Erfolg gewesen, dass man jetzt wieder etwas Ähnliches angehen müsste. Außerdem hatte ich auch überhaupt keine Lust, mir von ehemaligen Football-Profis in den Hintern treten zu lassen.

Doch Kniesel beruhigte mich: »Das ist hier alles viel komfortabler. Wir werden mit einer Rakete fliegen!«

Ich war noch nicht ganz überzeugt. »Ich habe letztens bei RTL explosiv einen Bericht über ein Raumschiff gesehen, das tagelang mit Besatzung um die Erde gekreist ist, weil es von dem Personal der Bodenstation vergessen worden ist. Die haben im Fernsehen Champions League geguckt, und das war so spannend, dass das Raumschiff darüber in Vergessenheit geraten ist. Erst nach drei Tagen ist die Besatzung dem Leiter der Bodenstation im Traum erschienen, und dann haben sie sie wieder runtergeholt. Die waren fertig mit der Welt, kann ich dir sagen!«

»Ich weiß«, sagte Kniesel, »aber das war auf der Raketenbasis Hilden-Nord, wir fliegen von Edingen-Neckarhausen. Das ist nicht zu vergleichen, da arbeiten nur hochqualifizierte Fachkräfte. Und am Abflugtag gibt es auch nichts Vernünftiges im Fernsehen. Ich habe mich informiert, in Edingen sind wir auf der sicheren Seite.«

Ich traute der Sache immer noch nicht und versuchte, mich der Reise anderweitig zu entziehen. Doch Kniesel war mir überlegen. Als ich erwähnte, dass ich eigentlich gar keine Zeit und vor allem die falsche Kleidung für einen Weltraumausflug hatte, sagte sie nur zwei Sätze. Genau zwei Sätze.

»Du bist das größte Weichei, das ich kenne! Zieh dir doch 'n Rock an!«

Ich war tief getroffen. Das konnte ich natürlich nicht auf mir sitzen lassen, und trotz eines mulmigen Gefühls in der Magengrube sagte ich zu. Ich besorgte mir sogar ein Paar Moon-Boots aus den achtziger Jahren, die bei Bekannten immer noch im Keller lagerten.

Die Raketenbasis Edingen-Neckarhausen war erst vor Kurzem gebaut worden. Der Standort traf sich natürlich sehr gut, wir hatten keine lange Anfahrt.

Nach einem überraschend kurzen Gesundheits-Check von zirka fünf bis sieben Minuten wurden wir für weltraumtauglich erklärt und konnten bereits am nächsten Tag unsere Reise antreten.

Am frühen Morgen des sechsten Mai ging es auf in das Weltall. Unser genaues Ziel wollte man uns nicht ver-

raten. Es sei eine Überraschung, lautete die Antwort auf unsere Frage.
Außer uns war nur ein Astronaut an Bord. Er hieß Wilfried und machte auf uns keinen wirklich Vertrauen erweckenden Eindruck. Er war Mitte vierzig, hatte schulterlange Haare, einen meterlangen Bart unter dem Helm und rauchte durch eine Spezialvorrichtung einen Joint nach dem anderen.
Auch die Rakete selbst wirkte nicht so, wie wir uns das gewünscht hätten. Sie war zum Teil verrostet, der Innenraum wirkte irgendwie unaufgeräumt (wir fanden sogar alte Astronautenkost-Tuben mit der Aufschrift »Haltbar bis: Dezember 1975«), und wie sich bald herausstellen sollte, wohnte in der Rakete neben uns noch eine Mäusefamilie, die übrigens in ihren Raumanzügen noch dämlicher aussah als Kniesel.
Aber an sich waren die Mäuse ganz in Ordnung, und trotz der naturbedingten Rivalität zwischen Mäusen und Katzen ließ Kniesel sie in Ruhe, denn fressen konnte sie die Tiere mit ihrem Helm sowieso nicht. Also konnte man sich auch gleich vertragen.

Um 3.33 Uhr mitteleuropäischer Zeit starteten wir mit diesem skurrilen Team auf eine Reise ins Ungewisse, denn auch die Mäuse kannten das Ziel nicht, und Wilfried schwebte ohnehin in anderen Sphären.
Als wir abhoben, rumpelte es gewaltig, sodass uns ganz übel wurde. Noch übler wurde uns, als wir sahen, dass die

rechte Fensterscheibe zersprungen war. Glücklicherweise fand ich nach kurzer Suche ein großes Stück Sperrholz im Innenraum, das ich schnell vor das nun entstandene Loch nagelte. Zwar war jetzt die schöne Aussicht dahin, aber wenigstens war uns nicht mehr so kalt. Zwischenzeitlich waren die Temperaturen in der Rakete auf minus vierzig Grad gesunken, was keiner von uns so richtig gut fand.
Klappernd und scheppernd flogen wir also im Weltraum umher. Der Kontakt zur Bodenstation war bereits nach drei Minuten unterbrochen. Von da an waren wir auf uns selbst gestellt.
Nachdem der erste Schock vergangen war, handelte Kniesel. Als Erstes rationierte sie unsere Vorräte. Wie sich herausstellte, bestanden die aus hundert Packungen Aldi-Keksen, elf Tüten Salzstangen sowie hundertzwölf Dosen River-Cola. Es liegt mir fern, die Rhein-Neckar-Zeitung zu kritisieren, aber ich hatte schon etwas mehr Komfort auf unserer Reise erwartet.
Glücklicherweise hatte Wilfried einige Pflanzen mit an Bord gebracht, die im Weltraum-Klima glänzend gediehen und etwas Gemütlichkeit verbreiteten, sodass sich unsere Stimmung etwas besserte.
Nur einmal gab es Streit: Als Kniesel unter unseren Vorräten ein Überraschungsei entdeckte und dieses unbedingt für sich selbst reklamieren musste. Doch die Laune von uns anderen stieg wieder deutlich an, als sich abzeichnete, dass sie niemals in der Lage sein würde, die darin enthaltene Figur auch nur ansatzweise zusammenzubauen.

Tagelang hatten wir einen Mordsspaß, bis Kniesel, die ins Cockpit geflüchtet war, folgenden Funkspruch aufnahm: »Hallo, hallo, unbekannter Verkehrsteilnehmer! Bitte landen Sie sofort, oder Sie werden abgeschossen!«
Wir teilten unserem Funkpartner mit, dass wir gerne landen würden, aber dazu fachlich leider nicht in der Lage wären.
Daraufhin wurden wir abgeschossen.

Als wir an unseren Not-Fallschirmen zu Boden schwebten, standen wir vor einer ungewissen Zukunft. Nur die Tatsache, dass Kniesel, die neben mir flog, sich in ihrem Fallschirm verheddert hatte und außerdem einen viel zu großen Sturzhelm trug, zauberte mir ein Lächeln auf die Lippen.
Doch das gefror nach der Landung.
Vor uns standen zirka zwanzig Männer im Alter von ungefähr vierzig bis sechzig Jahren. Sie waren alle mit knallengen Jeanshosen, schmuddeligen Holzfällerhemden und Cowboystiefeln bekleidet. Jeder Einzelne von ihnen trug seine Haare, soweit noch vorhanden, vorne kurz, hinten lang.
Der Älteste kam auf uns zu. Er gab allen die Hand und begrüßte uns mit folgenden Worten: »Willkommen auf dem Planeten der Religionspädagogen!« Er erklärte uns, sie alle seien Ende der achtziger Jahre vom Arbeitsamt Paderborn für eine ABM-Stelle im Weltall angeworben worden. Da sie ansonsten als unvermittelbar galten,

hatten sie dieses als große Chance gesehen. Aufgabe war gewesen, die Bewohner des Planeten zu missionieren und ihnen christliche Werte zu vermitteln. Wie sich herausstellte, war dieser Planet aber bis auf wenige Arten begriffsstutziger Mikroben unbewohnt, sodass sie praktisch beschäftigungslos waren. Der Kontakt zum Arbeitsamt übrigens war innerhalb kürzester Zeit abgebrochen.
So entstand das Gefühl, einfach ins Weltall abgeschoben worden zu sein, um den Staat zu entlasten. Wie ich viel später erfuhr, trog dieses Gefühl nicht.
Zum Glück herrschte auf diesem Planeten die gleiche Atmosphäre wie auf der Erde, sodass die Religionspädagogen sich auf Dauer hier hatten einrichten können. Uns hatten sie abgeschossen, um endlich einmal wieder Gesellschaft zu bekommen. Deshalb waren wir angeblich »schonend« abgeschossen worden, sodass alle überlebten. Ich verkniff mir die Frage, ob und wie weit solche Aktionen eigentlich mit christlichen Werten zu vereinbaren seien, und guckte mich um. Wir waren tatsächlich alle wohlbehalten angekommen. Wilfried hatte sogar eine seiner geliebten Pflanzen retten können, und nachdem auch Kniesel aus ihrem Fallschirm herausgeschnitten worden war, waren alle wieder bester Dinge.

Lange saßen wir noch am Lagerfeuer, brieten dicke Bohnen und erzählten den staunenden Religionspädagogen vom Leben auf der Erde und dem Niedergang von Arminia Bielefeld.

Ein Raumschiff kommt selten allein

Nach knapp zwei Monaten auf dem Planeten hatten wir uns hervorragend eingelebt. Dass die Religionspädagogen uns abgeschossen hatten, verziehen wir ihnen inzwischen gänzlich, denn sie waren wirklich nette, gastfreundliche Menschen.

Es stellte sich schnell heraus, dass unter ihnen nicht nur Männer wohnten, wie es uns erst erschienen war, sondern es waren damals auch Religionspädagoginnen mitgereist. Längst hatten sie Familien gegründet, deren Kinder durch die Idylle tobten, Fußball oder Fangen spielten.

Mit größter Bewunderung registrierten wir, was die Bewohner des Planeten hier geschaffen hatten. Sie hatten das Glück gehabt, dass ihre neue Heimat der Erde tatsächlich sehr ähnlich war. Es gab Wald und Flüsse, Wiesen und Bäche, aber auf engstem Raum auch kleine Wüsten und Steppen. Auch in seiner Größe entsprach der Planet ungefähr der Ostwestfalens und vielleicht noch ein paar

Quadratmetern Sauerland. Allerdings war er im Gegensatz zur Erde scheibenförmig, sodass er an allen Grenzen umzäunt werden musste. Wer hier herunterfiel, stürzte unweigerlich in die Tiefen des Alls, wo zu allem Unglück auch noch gefährliche Weltraum-Piranhas ihr Unwesen trieben.

Die Pädagogen hatten trotz dieser immer präsenten Gefahr eine neue Heimat gefunden, in der sie sich wohlfühlten. Auch wenn sie ihre alte Heimat Ostwestfalen nie vergessen hatten. So gab es einen baumreichen Hügel, den sie ganz sentimental Teutoburger Wald nannten, zwei Gesteinsbrocken bezeichneten sie als Externsteine, und auf einer Anhöhe hatten sie sogar eine einigermaßen gelungene Kopie des Hermannsdenkmals gebaut. Die Planetenhauptstadt nannten sie Neu-Bielefeld, und die Nationalhymne hieß »Der letzte Cowboy kommt aus Gütersloh«.

Ansonsten lebten die Bewohner vor allem von den Produkten Ludger Longstockings, eines Westfalo-Briten aus Bünde, und seinem Freund Volker Frankenberg aus Stukenbrock, die in ihren Laboren Unglaubliches leisteten. So züchteten sie aus der Retorte dicke Bohnen mit Speck, dicke Bohnen ohne Speck, grüne Bohnen, Brechbohnen, Stapelbohnen, Feuerbohnen, Kidneybohnen, Prinzessbohnen, weiße Bohnen, Wachsbohnen, schwarze Bohnen und sogar fertige Bohnensalate. Die Anbauflächen waren riesig.

Eines Tages waren die beiden sogar dazu übergegangen, Bohnen mit den Vereinslogos von Arminia Bielefeld, Bo-

russia Dortmund sowie irritierenderweise Eintracht Bad Nenndorf aus Niedersachsen zu züchten. Eine unglaubliche Leistung, die ihresgleichen sucht, auch wenn sie zur reinen Ernährung vielleicht nicht dringend notwendig war.
Allerdings hatten sie im Anschluss daran für einen Eklat gesorgt, als sie begannen, Bayern-München-Bohnen herzustellen. Die Bevölkerungsmeinung war damals schnell ins Kippen geraten. Es soll sogar zu offenen Bedrohungen und Handgreiflichkeiten gekommen sein, die sie schlussendlich dazu bewogen, dieses Projekt lieber aufzugeben.
Ihr Ruf war eigentlich erst dann wieder so richtig hergestellt, als es ihnen gelang, nicht nur naturgetreues chinesisches Rote-Bohnen-Eis, sondern zusätzlich westfälisches Dicke-Bohnen-Eis zu produzieren. Doch ihr Meisterstück gelang ihnen mit der Herstellung von Jägermeister, der wie Dornkaat schmeckte. Spätestens da waren sie wieder Everybody's Darling.

Alles in allem war es faszinierend zu sehen, was die Religionspädagogen aus ihren Möglichkeiten gemacht hatten, und doch vermissten sie die Erde sehr. Immer wieder erzählten die Erwachsenen ihren Kindern von ihrer ostwestfälischen Heimat, von Osterfeuern, von lustigen Schützenfesten mit Unmengen Bier und Korn und von dem zauberhaften Geruch ihrer ländlichen Heimat, in der es nur einen Mond gab und nicht sieben. Das alles

würden sie auf diesem Planeten nie mehr erleben, das war allen klar. Auch die Fähigkeiten von Volker und Ludger hatten ihre Grenzen.
In ihrer Sehnsucht war es ihnen nach unermüdlicher Arbeit gelungen, per Satellit terrestrische Fernsehsender zu empfangen. Aber leider nur den Verkaufssender QVC, Neun live, drei norwegische Programme und einen Sender aus Burkina Faso. Ihre Informationen über neuere Entwicklungen auf der Erde waren also mehr als gering. Es war ihnen lediglich vergönnt, merkwürdige Quizsendungen auf Deutsch anzusehen, bei denen sie aber nicht anrufen und schon gar nichts gewinnen konnten. Beim Verkaufssender konnten sie nichts bestellen und die anderen Programme nicht verstehen.
So waren sie unendlich glücklich über unseren Besuch und behandelten uns wie Könige.
Kniesel und ich wurden von Empfang zu Empfang gereicht, während sich die Mäuse ein wenig zurückzogen und Wilfried damit begonnen hatte, gemeinsam mit Ludger und Volker neue, innovativere Hanfpflanzen zu entwickeln und anzubauen. Ansonsten setzte er sich an die Externsteine und ließ den lieben Gott einen guten Mann sein.
Genau wie wir hatte er eine riesige, gut ausgestattete Unterkunft bekommen, die keine Wünsche offen ließ. Man merkte deutlich, dass einige Religionspädagogen vor ihrer Umschulung bereits in handwerklichen Berufen gearbeitet hatten.

Die Planetenhauptstadt war ein wahres Kleinod der Baukunst. Am wunderschönen Marktplatz standen Häuser mit kunstvollen Verzierungen an der Fassade, so wie man es auf der Erde manchmal an alten Fachwerkhäusern sehen kann. Aber das Herzstück der Stadt war die riesige Kirche, die dem Paderborner Dom nachempfunden war. Unter den Gestrandeten war auch ein ehemaliger Architekt gewesen: Thorwald Teflon. Er konnte hier seine Fähigkeiten zeigen und seine ganze Kreativität ausleben und zum Wohle aller einsetzen.
Auch gab es einen Stadtpark und wunderbare Alleen, völlig ohne Autoverkehr, an denen wir oft und gerne spazieren gingen.

Wir hatten gerade begonnen, uns richtig heimisch zu fühlen, als plötzlich etwas Außergewöhnliches geschah.
Mit einigen unserer neuen Freunde standen wir auf dem riesigen Marktplatz, als der Religionspädagoge Ansgar auf uns zustürmte.
»Ein Raumschiff«, rief er, »wir haben auf dem Radar ein Raumschiff gesehen!«
»Willi und ich haben heute Radardienst«, erklärte er uns etwas später, immer noch außer Atem, »da erscheint plötzlich dieses Ding auf dem Radar. Und es nimmt Kurs auf unseren Planeten!«
Für kurze Zeit dachte ich an »Krieg der Welten«, aber es sollte ganz anders kommen.
In Windeseile hatte sich die Sache herumgesprochen, und

schon bald hatten sich alle Bewohner des Planeten auf dem Marktplatz versammelt. Einzig Wilfried berührte die Sache nicht, er relaxte an den Externsteinen.

Gebannt starrte die Menge zum Himmel.

Und schon nach einigen Minuten erblickten sie zu ihrer Überraschung ein knallrotes Raumschiff.

Ein knallrotes Raumschiff mit der übergroßen Aufschrift »Bundesagentur für Arbeit«.

»Sind das Geheimagenten?«, flüsterte mir Kniesel ins Ohr.

»Nein«, antwortete ich, »warte einfach ab!«

Langsam senkte sich das Raumschiff zu Boden und landete schließlich sicher vor der staunenden Menschenmenge.

Uns allen stockte kollektiv der Atem, als sich die Tür öffnete.

Heraus kam ein Astronaut im roten Anzug mit einem dicken, umrandeten A auf der Brust, bei dem freilich der rechte, untere Balken fehlte.

»Ist der Anarchist?«, fragte Kniesel neben mir.

»Nein, Arbeitsamt«, antwortete ich knapp.

Der Astronaut hatte etwas Großes in beiden Händen. Bei näherer Betrachtung entpuppte es sich als Kasten Bier. Er nahm seinen Helm ab. Wir blickten in ein junges, neonsonnengegerbtes Gesicht.

»Ich habe den Auftrag, nach Ihnen zu sehen. Als Mitbringsel habe ich Ihnen einen Kasten Herforder Pils mitgebracht.«

Er überreichte die Kiste dem vor ihm stehenden Ansgar.

Dann holte er noch zwei Flaschen Korn aus seinem Raumanzug.
»Bitte schön!«, sagte er.
»Danke«, antwortete Ansgar.
Der junge Mann sprach weiter: »Ich bin gekommen, um Ihnen die Nachricht zu übermitteln, dass Ihre Maßnahme um weitere zwanzig Jahre verlängert worden ist. Herzlichen Glückwunsch!«
Dann drehte er sich um und stieg wieder in sein Raumschiff.
Die Menge schaute wie erstarrt zu, wie es abflog.

Die Menschen hatten sich noch nicht wieder bewegt, als plötzlich Willi ganz aufgelöst zu uns stieß.
»Leute, Leute«, rief er, »da ist schon wieder ein Raumschiff auf dem Radar!«
»Unglaublich«, hörte ich eine Frauenstimme neben mir sagen, »jahrelang kommt keine Sau vorbei, und jetzt geben sich die Raumschiffe die Klinke in die Hand!«
Kurze Zeit später konnten wir es sehen. Es war ganz weiß, mit der blauen Aufschrift »Rhein-Neckar-Zeitung«.
Zwei Personen stiegen aus. Ein Mann und eine Frau.
»Guten Tag«, sagte die Frau, »befinden sich unter Ihnen ein Herr Wunn und seine Katze Kniesel?«
»Ja, hier«, antwortete ich.
»Wir sind gekommen, um Sie abzuholen. Unsere Zeitung hatte einen Sender an Ihrem Raumschiff installiert. Deshalb konnten wir Sie orten. Wir mussten nur erst ein

neues Raumschiff kaufen, deshalb hat es leider etwas länger gedauert. Wir bitten, die Unannehmlichkeiten zu entschuldigen.«

»Meine Freunde würden auch gerne mitfliegen«, sagte ich.

»Das geht leider nicht, wir sind ein reines RNZ-Raumschiff. Außerdem ist unsere Kapazität begrenzt.« Dann drehte sie sich zu der Menge: »Bitte wenden Sie sich an die Agentur für Arbeit, wenn Sie zur Erde zurückwollen.«

Dann nahm sie mich kurz zur Seite.

»Dieser andere Passagier. Ähem, ist der auch hier?«

»Ja«, antwortete ich, »ich nehme an, Sie meinen Wilfried. Ich hole ihn eben.«

»Nein, nein«, entgegnete sie nun fast flüsternd, »er ist der Bruder des Verlegers. Wenn möglich, soll er hier bleiben.« Mit gekünstelt wirkendem Lächeln setzte sie hinzu: »Er wird sich hier bestimmt wohler fühlen.«

Dann ging alles ganz schnell. Es war auch keine Zeit mehr, nach den Mäusen zu suchen. Wir packten ein paar Sachen zusammen, verabschiedeten uns kurz, nicht ohne ein paar Tränchen zu vergießen, und stiegen ein.

Der Rückflug war die reinste Erholung. Es wurden sogar Champagner und Lachshäppchen gereicht. Von Stewardessen übrigens, die auch in ihren Astronautenuniformen mehr als attraktiv aussahen.

Auf der Raketenbasis Edingen-Neckarhausen empfingen uns Tausende Fähnchen schwingender Menschen, und als

sich die mit der Situation völlig überforderte Kniesel beim Aussteigen die linke Hinterpfote brach, wurde sie in der besten Tierklinik der Region behandelt.
Wir waren wieder zu Hause.

Genau eine Woche nach unserer Landung holte ich Kniesel aus ihrer Klinik ab und schob sie nach Einbruch der Dunkelheit zum Neckarufer.
Um 20.45 Uhr fing hinten links am Himmelszelt ein ganz kleiner Stern plötzlich ganz, ganz hell an zu leuchten.
Jetzt wussten wir, unsere Freunde dachten an uns.
Sie hatten, wie verabredet, sämtliche Lichtquellen des Planeten für ein paar Minuten eingeschaltet.
Unter Tränen der Rührung standen wir hier unten, schwenkten unsere neuen Hochleistungstaschenlampen und dachten an die schöne Zeit dort oben.
Und wenn ich heute einmal Sehnsucht habe nach dem Planeten der Religionspädagogen, hole ich meinen Glücksbringer hervor: eine später von einem Heidelberger Juwelier in Gold eingefasste dicke Bohne mit dem Logo von Arminia Bielefeld.

Ein Traum

Nachdem wir in all den Jahren die unglaublichsten Dinge miteinander erlebt hatten, kam jetzt der Punkt, der früher oder später kommen musste: Bei Kniesel und mir war die Luft raus. Wir dachten oft an unsere Freunde im All, die uns viel von ihrer beschaulichen Lebensart mitgegeben und uns freundliches und ruhiges Umgehen miteinander gelehrt hatten. (Wobei wir allerdings die Sache mit dem Abschuss unserer Rakete als einmaligen Ausrutscher werten mussten.) Kniesel, die ja sonst ein ständiger Unruheherd und Ursache vieler Komplikationen gewesen war, hatte merklich an Ruhe gewonnen, und ich stellte meine ohnehin nicht zahlreichen Aktivitäten nach und nach ganz ein. Nicht nur aufgrund meines vorgerückten Alters bekam ich kaum noch etwas zustande und bewegte mich eigentlich nur noch zwischen Bett, Kühlschrank, Fernseher und Telefon, um den Pizza-Bringdienst anzurufen. Kniesel bewegte sich so gut wie gar nicht mehr.

Die einzige Aufregung in dieser Zeit war der Ausfall der Fernbedienung meines Philips-Hightech-Fernsehers mit integriertem Videorecorder. Wir verfielen beide in tiefste Depression, aber die nette Dame von der Telefonseelsorge kam in ihrer Freizeit persönlich vorbei und hörte sich unsere Sorgen an. Leider brachten diese Gespräche nur sehr wenig, da sie uns in unserem Tran nicht bestärken, sondern uns aus ihm herausholen wollte. Das wollten wir aber nicht. Wir wollten eigentlich in erster Linie, dass unsere Fernbedienung repariert wurde. Doch den Gefallen tat sie uns nicht.
Und auch Kniesels therapeutische Fähigkeiten waren wie weggeblasen. Es schien für uns keinen Ausweg aus der Misere zu geben.

Die Depression manifestierte sich bei uns auf völlig unterschiedliche Weise. Während ich eigentlich nur noch apathisch herumlag oder -saß, entwickelte Kniesel regelrechte Heißhungerattacken.
An einem Tag fraß sie acht Kilogramm Blaubeeren. Nachdem sie drei Stunden lang meine Vorratskammer geplündert und eben mal die Beeren bis auf die letzte Frucht vertilgt hatte, schleppte sie sich mit letzter Kraft ins Wohnzimmer, bettete ihre soeben erworbenen Massen auf ihren Lieblingsplatz, meinen (wohlgemerkt: meinen) Ohrensessel, rülpste noch einmal kurz und fiel auf der Stelle in einen tiefen Schlaf, der Stunden dauern sollte.
Im Traum konnte sich Kniesel von oben auf meinem Oh-

rensessel liegen sehen und wie sie von diesem abhob und immer weiter nach oben, gen Himmel schwebte.
Sie sah, wie die Himmelspforten sich öffneten und sie sah: Blau. In den verschiedensten Schattierungen von Hellblau über Azur- und Ultramarin ins tiefste Dunkelblau.
Ein wunderschöner, geflügelter, blaugrauer Kater flog auf sie zu. Er blickte ihr mit seinen himmelblauen Augen tief in die ihren, und sie schmolz dahin. Mit samtweicher, fast flüsternder Stimme fragte er sie, ob sie einen Wunsch habe.
Jetzt hätte diese Geschichte sehr romantisch werden können. Sie hätte. Ich muss sagen, dass ich mich etwas schäme, dieses jetzt niederzuschreiben, aber trotz der gerade erst verzehrten Unmengen von Blaubeeren hatte Kniesel schon wieder Hunger, und der war ihr wichtiger als die blausten Augen der Welt. Selbst im Traum.
Sie wünschte sich Blaue-Bohnen-Eintopf. Und fraß sechzehn Teller davon.
Leider hatte die Sache einen Haken: Blähungen!
Kniesels Darmwinde erschütterten den gesamten Kosmos und kamen an vielen Orten der Erde als Wirbelstürme und Orkanböen an. Übler Gestank legte sich über das Universum, und selbst der Mond hörte kurzfristig auf zu leuchten.
Jetzt musste Kniesel feststellen, dass auch im Himmel nicht jede Sünde verziehen wird. Sie wurde umgehend von höheren Mächten des Platzes verwiesen, und ehe sie es sich versah, lag sie wieder auf meinem Ohrensessel.

Und schon hatte sie ihre Depression wieder eingeholt. Sie fühlte sich schrecklich. Jetzt war nicht mehr nur die Realität eine Katastrophe, nein, selbst die Träume gingen schief. Und das auch noch durch ihre eigene Schuld.

Traurig schlurfte sie zum Fenster und öffnete es. Denn dass der Traum zum Schluss von Blähungen gehandelt hatte, war kein Zufall gewesen.

Horst

Unsere Situation verschlechterte sich zusehends. Zwar bekam Kniesel inzwischen tolle Medikamente, die wir illegal aus Polen bezogen und die uns als revolutionäre Neuentwicklungen angepriesen worden waren, aber keine Rose ist ohne Dornen, und Kniesel war jetzt zwar ruhiger als früher, aber diese Ruhe ging ziemlich schnell in ausgeprägte Apathie über. Kniesel fraß eigentlich nur noch und klagte mir ansonsten ständig ihr Leid. Wie schwer sie es doch als Katze in der Gesellschaft habe, wie schwierig das Leben allgemein heutzutage doch sei, wie schön vergangene Zeiten doch gewesen seien. Damals, als sie noch Bodyguards hatte und Unmengen Schuhe ihr Eigen nannte. Das alles sei jetzt vorbei und ihr Leben zerstört. Das wiederum machte auch mich noch kränker. Ich weinte nächtelang, und auch mir verbauten dunkle Gedanken den Blick auf das Schöne im Leben. Wir verließen unsere Wohnung längst nicht mehr, Mittagessen bekamen wir von Essen auf Rädern geliefert, und manchmal kaufte die rüstige alte Dame von nebenan für uns ein.

Eines Tages, am frühen Nachmittag, klingelte es an unserer Tür.

Das war eine Überraschung. Bei der Dame von nebenan hatten wir nichts bestellt, und Kevin, der Kriegsdienstverweigerer von Essen auf Rädern, stellte unser Essen (eine Portion für mich, achtzehn für Kniesel) immer ohne zu klingeln vor der Tür ab. Anfangs hatte ich mich einmal mit ihm unterhalten und ihm mein Leid geklagt, wie schlimm doch alles sei und wie lang, hart und entbehrungsreich mein Zivildienst Ende der Achtzigerjahre im Gegensatz zu seinem gewesen sei. Auch hatte ich ihm eine Liste überreicht, was bei uns noch so gemacht werden müsste (z. B. Bad putzen oder Bett beziehen), doch irgendetwas musste schiefgelaufen sein, jedenfalls mied er von da ab unseren direkten Kontakt. Auch die Dame von der Telefonseelsorge stand mit Sicherheit nicht vor der Tür. Sie hatte uns komplett abgeschrieben und ging inzwischen sogar dazu über, sich am Telefon mit verstellter Stimme selbst zu verleugnen, wenn sie unsere Nummer auf dem Display sah. Wir wussten das, wir konnten es nur nicht beweisen.

Doch unsere Rettung war nah, wenn auch in ganz anderer Form, als wir je gedacht hätten.

Ich schleppte mich also zur Tür.
Ich dachte, ich hätte vielleicht eine Pizza bestellt und das dann vergessen. Das klang zwar wenig plausibel, aber in meinem derzeitigen Zustand hielt ich alles für möglich. Also öffnete ich und hatte ein Déjà-vu. Irgendwie erschien mir alles wie vor vier Jahren, als Kniesel bei mir aufgetaucht war.
Vor mir stand ein kleinwüchsiges Etwas.
Ein farbloser Schwanzlurch mit falschherum aufgesetzter Baseball-Mütze, bis weit in die Pofalte herunterhängenden Hosen (wenn er denn eine Pofalte besaß, ich guckte da nicht so hin), einer selbst im Kunstlicht reflektierenden Sonnenbrille sowie einem Skateboard unter dem Körper. Frech grinste er mich an und sagte nur: »Hallo, ich bin der Horst! Ich wohne jetzt bei euch!«
Um mich zu erschrecken, war ich glücklicherweise viel zu müde, aber verwundert war ich doch. Selbst Kniesel erwachte aus ihrem halbkomatösen Zustand und trottete zur Tür.

Horst erzählte uns eine dramatische Geschichte, die – wie sich später herausstellte – zu 98% erstunken und erlogen war. Der Wahrheit entsprach eigentlich nur die Tatsache, dass es sich bei ihm um einen sogenannten Grottenolm handelte, der aus der Atta-Höhle im Sauerland stammte, unweit des berühmten Biggesees. Und anscheinend stimmte seine Aussage, er sei der einzige Grottenolm der Welt, der nicht sehbehindert sei. Dass seine Sehstärke bei

fünfzigtausend Prozent liegen sollte, bezweifele ich auch heute noch. So viel hat nicht einmal Kniesel, und die kann sogar im Dunkeln sehen.
Die Geschichte von Horst lautete folgendermaßen: Er wurde als erster Sohn einer alteingesessenen Grottenolm-Dynastie in der Atta-Höhle geboren. Als erster Grottenolm überhaupt machte er Abitur und studierte anschließend Eisenhüttentechnik in Olpe. Angeblich war er nebenbei auch noch Doktor der Physik und Baseball-Profi bei den Atta-Höhlen Attackers, den Olpe Octopusses und den Sauerland Soupcaspers gewesen. Da es ihm in der Provinz zu langweilig und ihm seine Ausbildungen zu trocken geworden waren, heuerte er als V-Mann beim Verfassungsschutz an, was wir aber auf keinen Fall weitererzählen sollten.
Das Bundesamt für Verfassungsschutz habe uns als tarnende Mitbewohner ausgesucht, weil wir dermaßen langweilig seien, dass sich kein Mensch vorstellen konnte, dass sich ausgerechnet ein Agent, der ja ein unglaublich spannendes Leben mit schnellen Autos, gerührtem Martini und überwiegend blonden, auf jeden Fall aber attraktiven Frauen führte, zu uns verirren konnte.
Das hatte Kniesel zuerst gar nicht so gefallen, schließlich war sie einmal von Interpol gesucht worden. Doch Horst konnte ihre Bedenken entkräften. Er jage nur große Fische, die wirklich etwas auf dem Kerbholz hätten.
»Dich hätte ich laufen lassen«, sagte er zu Kniesel, »du bist in Ordnung. Und außerdem«, dabei machte er eine

wegwerfende Handbewegung, »interessiere ich mich nicht für so Pillepalle. Ich verfolge nur die wirklich Großen. Carlos, Al Qaida und so ...«

Damals glaubten wir seinen Erzählungen.
Wir waren fasziniert von seiner Lebendigkeit und seiner erfrischenden Ausstrahlung. Horst erzählte, wie er als Agent im Auslandseinsatz die Sprengung Australiens, die Besetzung Grönlands durch die Holländer und in Deutschland die widerrechtliche Zusammenlegung des westfälischen mit dem niedersächsischen Lipperland verhindert hatte.
Auch erzählte er uns, dass er sich autodidaktisch zum Architekten ausgebildet hatte und neben seiner Agententätigkeit die Chinesische Mauer (hier hätte ich stutzig werden müssen), Big Ben in London, Versailles in Paris und das Heger Tor in Osnabrück erbaut hätte.
Wir hingen an seinen Lippen. Kniesel begann, ihre Medikamente herunterzusetzen, um wieder mehr mitzukriegen, und ich hörte das Klappern meiner Gelenke, das gleichmäßige Rieseln des Kalks in meiner Hirnschale und das Getöse der ständigen Auffahrunfälle auf der Kreuzung vor unserem Haus überhaupt nicht mehr.

Horst wurde unser Lebenselixier. Kniesel jagte seit langer Zeit wieder Mäuse, schenkte sie mir, und ich freute mich sogar darüber, bevor ich die Kadaver der armen Tiere entsorgte.

Ich ging plötzlich wieder aus dem Haus, flanierte über die Neckarwiesen, pfiff hübschen Mädchen nach, die halb so alt waren wie ich, und nur in den allerseltensten Fällen kassierte ich von ihnen Ohrfeigen oder Schläge ihrer Begleiter.

Das Leben war wieder schön.

Horst erzählte Geschichten über Geschichten.

Wie einst die Atta-Höhle die Keimzelle der westlichen Zivilisation gewesen war, wie einst ein Sauerländer das Rad und viel später die Dampfmaschine erfunden hatte. Wie die kleine Atta-Höhle vor über tausend Jahren letzte Bastion gegen die Römer gewesen war. Wie sein Vater, König Horst-Hotzenplotz von der Atta-Höhle, die Berliner Mauer zum Einsturz brachte, und wie er selbst auf der Mühlenkopfschanze in Willingen vierhundertzwanzig Meter weit gesprungen war und einen Weltrekord für die Ewigkeit aufgestellt hatte.

Er sprach davon, wie er den Vietnam-Krieg ganz alleine nur mit Sylvester Stallone zusammen gewonnen und anderthalb Stunden vor Kolumbus Amerika sowie zu einem anderen Zeitpunkt Polen, Bayern und den Kreis Mettmann entdeckt hatte.

Kniesel und ich waren so hingerissen von seinen Erzählungen, dass uns gar nicht auffiel, dass Horst, wenn er dieses erlebt haben sollte, über fünfhundert Jahre alt sein musste.

Doch Horst war erst dreizehn. Das konnte man daran erkennen, dass er aufgrund der Tatsache, derzeit im Stimm-

bruch zu sein, beim Sprechen fürchterlich kiekste und sich große Aknehäufchen in seinem Gesicht zeigten.
Trotz unserer weiterhin vorhandenen Trantütigkeit ahnten wir, dass Horst ein Geheimnis hatte. Ein anderes Geheimnis, als die, die er uns erzählte.
Es sollte sehr bald gelüftet werden.

Einige Tage später klingelte bei uns das Telefon.
Eine Frau namens Müller-Mitscherlich war am Apparat. Sie war Sozialarbeiterin in einer beschützenden Einrichtung für gefallene Schwanzlurche mit dem Schwerpunkt schwer erziehbare Grottenolme. Frau Müller-Mitscherlich erzählte mir, dass Horst zwar aus der Atta-Höhle stamme, sich aber aufgrund seines Verhaltens und seiner Schwierigkeiten mit der Wahrheit im gesamten Bundesland Nordrhein-Westfalen sowie den umliegenden Gebieten nicht mehr blicken lassen könne. Vor einiger Zeit sei Horst aus dem Heim entflohen. Erst nach langwieriger Recherche hätten sie herausgefunden, dass er sich recht schnell und wohl auch wahllos bei uns eingenistet hatte.
Ich war entsetzt, und doch keimte ein Gedanke in mir auf.
Horst fühlte sich in seinem Wohnheim nicht wohl, bei uns schon, und uns war er ans Herz gewachsen. Er hatte die Langeweile aufgelöst, unsere Depression durchbrochen. Da machte es uns gar nichts aus, belogen zu werden. Erfundene Geschichten sind sowieso viel spannender als das wahre Leben. Außerdem war Horst ein Außenseiter

wie wir. Verfemt, verfolgt, im Untergrund, genau wie Kniesel vor noch gar nicht so langer Zeit und ich dadurch automatisch mit. Im Grunde war er einer von uns.
Ich war bereit, für Horst zu kämpfen.

So luden wir Frau Müller-Mitscherlich zu uns nach Hause ein.
Ich wischte, putzte, spülte die ganze Wohnung, beseitigte Mäusekadaver, buk Plätzchen und schickte Kniesel unter einem Vorwand ins Kino, in dem gerade »Vom Winde verweht« lief. Da Kniesel ja inzwischen wieder topfit war, hätte sie mit ihrem nicht wirklich gesellschaftsfähigen Auftreten alles zerstören können.
Frau Müller-Mitscherlich kam. Sie war sehr jung, sehr hübsch und trotz ihres Doppelnamens noch ledig. Ihre Eltern hießen auch so.
Wir verstanden uns blendend und verabredeten, dass Horst bei uns wohnen bleiben dürfte und ich als sein persönlicher Betreuer bestellt würde. Außerdem wollten Frau Müller-Mitscherlich und ich auf jeden Fall einmal zusammen ins Kino gehen, was wir auch taten.

Nach einigen Monaten mieteten wir eine größere Wohnung, denn nun lebte nicht nur Horst bei uns, sondern auch noch Friedlinde, so heißt Frau Müller-Mitscherlich mit Vornamen.
Es schien, als hätte ich endlich mein Glück in der Liebe gefunden. Die Zeit von Pleiten, Pech und Pannen war vor-

bei, die Depression war überwunden, und für Friedlinde und mich hing der Himmel voller Geigen.
Langweilig wurde es mir auch nicht mehr, unter anderem deshalb, weil ich weiterhin alleine für Wischen, Putzen und Spülen zuständig war. Gut, dass es Horst gab, der wenigstens ab und zu einmal bügelte.

Der Wunsch

Die Zeit verging, und Friedlinde, Horst, Kniesel und ich lebten mal mehr und mal weniger friedlich nebeneinander her. Herbst und Winter gingen vorbei, und der Frühling begann.

Eines Sonntags schlenderte Kniesel am Neckar entlang und summte fröhlich das Lied vom »Kleinen Pelztier bei uns aus der Straße« (da wo das Leben noch lebenswert ist ...), als sie plötzlich etwas sah, das ihre Aufmerksamkeit erregte.

Mitten auf der zu dieser frühen Tageszeit völlig menschenleeren Straße stand eine Flasche.

»Da kriege ich bestimmt noch jede Menge Pfand für«, dachte Kniesel bei sich.

Schnell lief sie hin und brachte ihre Entdeckung in Sicherheit. Es war eine Flasche Clausthaler alkoholfrei. Sie war ungeöffnet. Aber sie schien auch nicht gefüllt zu sein.

»Mysteriös«, dachte meine Katze und öffnete sie mit den Zähnen.
Plötzlich erhellte ein Blitz die Umgebung. Kniesel sprang zurück und ließ die Flasche aus den Händen gleiten, doch wie von Geisterhand stellte diese sich von selbst wieder auf.
Es geschah, was geschehen musste: Aus der Flasche entstieg mit großem Getöse eine riesige Gestalt. Sie war mindestens zwei Meter groß, mehr als pummelig, hatte rotblondes Haar und unübersehbare Pausbacken.
»Hallöchen«, sagte die Gestalt.
»Ja, ähem, hallo«, antwortete Kniesel.
Solche überraschenden Situationen machten ihr schon längst keine Angst mehr. Schließlich hatte sie schon ganz anderes er- und überlebt. Man denke nur an das Ungeheuer von Heidelberg alias Katzmarek, den Abschuss unseres Raumschiffes durch die Religionspädagogen oder den Angriff des damals noch aggressiven Kampfhundes Bodo. Kniesel blieb also ruhig und ließ sich nichts anmerken.
»Und? Alles fit im Schritt?«, fragte die Gestalt nun.
»Ja, geht so«, antwortete Kniesel. Dann fasste sie sich ein Herz. »Wer bist du?«, fragte sie.
»Du kennst mich nicht?« Ihr Gegenüber verzog enttäuscht das Gesicht.
»Nein«, antwortete Kniesel wahrheitsgemäß.
»Ich bin Marshmellow-Manfred, der berühmteste Flaschengeist nördlich von Sinsheim!«

»Ach so, ich glaube, ich habe dich mal im Rhein-Neckar-Fernsehen gesehen«, log Kniesel.
»Nein, das war mein Bruder Marshmellow-Alfred.« Er machte eine ärgerliche Handbewegung. »Lass uns das Thema wechseln.« Manfred setzte eine wichtige Miene auf. »Du weißt, was ich kann?«
Kniesel schüttelte mit dem Kopf.
Manfreds Stimme nahm einen förmlichen Tonfall an. »Du hast jetzt die Möglichkeit, dir deinen größten Wunsch erfüllen zu lassen. Genau einen Wunsch. Mit einer Ausnahme: Waldhof Mannheim kann ich nicht sanieren.«
Aber Kniesel hatte sowieso ganz andere Wünsche. Ihr Hirnkasten arbeitete auf Hochtouren. Was sollte sie sich wünschen? Auf keinen Fall blaue Bohnen, das hatte sie aus ihrem Traum gelernt. Mit denen gab es nachher nur Ärger.
Es musste etwas Vernünftiges, sich lange positiv Auswirkendes sein.
Sollte sie wünschen, dass auf der Welt für immer Frieden herrschte und alle Menschen Brüder würden? Oder sollte sie sich wünschen, dass Hannover 96 jedes Jahr deutscher Meister und Champions-League-Sieger würde (aber waren das nicht zwei Wünsche auf einmal?)? Sollte sie wünschen, dass die Renten sicher, die Menschen glücklich oder Eintracht Braunschweig nie wieder auf einen grünen Zweig kommen würden? Doch dann schoss ihr ein Gedanke durch den Kopf, und ohne dass sie etwas dagegen tun konnte, hörte sie sich sagen: »Ich wünsche

mir, dass alles, was ich mit meinen Pfoten berühre, zu Mineralöl wird!«
Kaum hatte sie dieses ausgesprochen, da hob Manfred die Arme zum Himmel.
Ein Blitz kam von oben und fuhr in Kniesels zuckenden Körper ein. Sie hörte Englein singen und sah für kurze Zeit nur noch helles, gleißendes Licht. Und eh sie es sich versehen hatte, stand sie in einer Pfütze von Mineralöl.
»Und? Zufrieden?«, fragte Manfred. »Ich finde deinen Wunsch ja ziemlich bekloppt, aber wenn du meinst ...«
Kniesel wurde klar, dass sie einen riesigen Fehler gemacht hatte. Sie konnte nichts mehr essen, nichts mehr trinken, gar nichts. Sie war noch nicht einmal mehr in der Lage, mich anzurufen und um Hilfe zu bitten. Ihr neues Handy würde automatisch in Mineralöl verwandelt werden.

Nachdem Manfred samt Flasche urplötzlich verschwunden war, lief Kniesel in ihrer Aufregung immer im Kreis hin und her.
Aus der Pfütze wurde langsam ein See. Ein See aus Mineralöl. Erste Autofahrer hielten bereits und füllten ihre Kanister.
Und als Kniesels Verzweiflung immer größer und größer wurde, hörte sie ganz aus der Ferne eine ganz bekannte Stimme ein ganz und gar bekanntes Liedlein singen. Es war die Schwanzlurchpolka aus der Oper »Ein Grottenolm in New York«. Es war Horst.
»Was ist denn hier los?«, fragte er.

Kniesel erklärte ihm den Sachverhalt in Kürze, nicht ohne bei jedem zweiten Satz in Tränen auszubrechen.
Danach griff Horst sofort zum Handy und informierte Friedlinde und mich.
Auch Friedlinde reagierte daraufhin prompt. Sie zog aus und wurde fortan nie mehr gesehen.
Anscheinend hatte ihr unser Zusammenleben doch nicht so zugesagt. Zugegebenermaßen war sie in letzter Zeit schon ein wenig unausgeglichen gewesen. Und außerdem hatte sie zuletzt quasi im Minutentakt SMS von einem gewissen Borgward Botterblom erhalten. Das hatte Horst mir erzählt. Jahre später sollte sich übrigens herausstellen, dass sie anschließend mit Borgward eine zwölfköpfige Familie gegründet hatte und dabei den Umständen entsprechend glücklich geworden war. Auf Haustiere hatten sie übrigens verzichtet. Aber ich schweife ab.
Nachdem Friedlinde also ausgefallen war, musste ich alleine reagieren. Ich schaute im Telefonbuch unter der Rubrik »Stadt Heidelberg« und fand dort tatsächlich, was ich suchte. Das Amt für Flaschengeisterangelegenheiten war in der Rohrbacher Straße. Doch natürlich fuhr ich nicht gleich hin, sondern rief erst einmal dort an.
Am Apparat meldete sich ein Herr namens Panflöte. Peter Panflöte. Nachdem ich dreiundzwanzigmal weiterverbunden worden war, ohne irgendjemand Zuständigen zu erreichen, gelangte ich zum Leiter der Institution, Herrn Appendix Beckmann, der wie Panflöte Wochenend-Notdienst hatte.

»Amt für Flaschengeisterangelegenheiten, Beckmann am Apparat«, meldete er sich mit schwungvollem Tonfall. Trotzdem war er unglaublich schlecht zu verstehen. Den Grund konnte er mir gut erklären. Er lebte in einer Flasche, die besonders gut isoliert war. Darum war dort der Empfang so schlecht. Das Gespräch war eine Tortur. Aber auch ein Erfolg.

Ich fuhr zum Neckarufer, stellte mein Auto dort ab und ging zu Kniesel und Horst. Es war die Hölle los. Halb Heidelberg war auf den Beinen, um kostenlos Mineralöl abzufüllen. Marshmellow-Manfred hatte sich längst völlig verdünnisiert.
Ich schnappte mir Horst und bat Kniesel, durch den Neckar zu schwimmen, um keine Brücke zu zerstören.
Obwohl sie, wie alle Katzen, sehr ungern schwamm, folgte sie meiner Aufforderung (Schwimmflügel hatte ich zum Glück noch im Auto gehabt). Überhaupt war sie sehr kleinlaut geworden. Als sie aus dem Neckar stieg, war dort bereits ein Ölteppich entstanden.
Wir beeilten uns. Jedoch nicht, ohne in der Innenstadt eine weitere Ölspur zu hinterlassen. Etwas viel Dämlicheres hätte sich Kniesel wirklich kaum wünschen können.
Wir liefen zur Rohrbacher Straße. Das Amt für Flaschengeisterangelegenheiten lag – logischerweise – auf einem riesigen Flaschendepot. Ich hielt Ausschau nach einer großen Flasche Jägermeister alkoholfrei. Dort sollte Appendix Beckmann wohnen.

Wir fanden ihn sehr schnell und klopften an seine Flasche.
Mit Blitz und Donner erschien Beckmann. Er war ein nicht unsympathischer, mittelalterlicher Geist mit Vollbart und einer schief aufgesetzten Schlägermütze.
Er gab Horst und mir die Hand, Kniesel wohlweislich nicht.
»Ja«, sagte er, »dumm gelaufen. Habe ich Ihnen schon erzählt, dass Marshmellow-Manfred gar keine Wünsche erfüllen darf? Er besucht gerade erst die Mittelstufe der Flaschengeisteroberschule in Eppelheim und hat überhaupt noch keine Prüfung abgelegt.« Er verdrehte die Augen. »Ich bin stocksauer! Aber Sie wissen ja, wie das ist mit den jungen Leuten ...« Dann sprach er folgende Worte: »Abra kadabra shalalala in the sunshine.«
Es erschien ein Blitz, und dann geschah gar nichts.
»Geh einen Schritt nach vorn«, sagte Beckmann zu Kniesel.
Diese trat aus ihrer Pfütze.
Es bildete sich keine neue.
Probehalber wies ich Horst an, ihr die Hand zu geben.
Sie behielt ihre Konsistenz.
Der Spuk war vorbei.

Jetzt begann der angenehme Teil des Tages.
Herr Beckmann, oder Appendix, wie wir ihn jetzt nennen durften, war bestens gelaunt und stellte uns seine Familie vor. Sie war gar nicht so klein. Jedes Mal, wenn er eine

Flasche öffnete, gab es einen Blitz, Donner, ein wenig Nebel. Das volle Programm eben.

Seine Frau Aorta entstieg einer Flasche Bailey's. Sein Schwager, der auf den schönen Namen Osama bin Ladenschluss-Gesetz hörte, einer Flasche Franzbranntwein. Dessen Frau Gertrud kam aus einer Flasche Sherry, und Appendix' reizende Töchter Annegret und Vinaigrette aus einem Fass französischen Rotweins.

»Sie sind eineiige Zwillinge«, erläuterte Appendix, »die dürfen gemeinsam wohnen.«

Und als dann ganz zum Schluss auch noch Peter Panflöte seiner Fanta-Flasche entstiegen war, hatte die Stimmung ihren Höhepunkt erreicht.

Es wurde ein rauschendes Fest.

Wir feierten Kniesels Befreiung und die Geister die Tatsache, endlich einmal ihren muffigen Behältnissen entstiegen zu sein. Sämtliche freien Wünsche kamen übrigens karitativen Zwecken sowie dem Catering zugute.

Doch selbst das schönste Fest hat mal ein Ende. Und als es weit nach Mitternacht Zeit zum Abschied war, hatte ich noch eine Frage.

»Warum habt ihr eigentlich so komische Namen?«

Appendix lächelte verschmitzt und fragte dann: »Was haben brasilianische Fußballer und Flaschengeister gemeinsam?«

Ich antwortete nicht. Es schien sich um eine rhetorische Frage zu handeln. Ich hatte recht. »Künstlernamen«, sagte er. »An dem Tag, an dem wir uns entscheiden, die Fla-

schengeisterlaufbahn zu beschreiten, an dem Tag dürfen wir uns einen Namen aussuchen. Ich zum Beispiel hieß früher Werner Wischnewski. Ist doch langweilig. Oder?«
Ich nickte. So war auch dieses Rätsel gelöst.

Die nächsten Tage wurden sehr turbulent.
Es stellte sich heraus, dass gegen Kniesel Ordnungsgelder in Millionenhöhe angefallen waren. Auch Greenpeace war inzwischen auf den verschmutzten Neckar aufmerksam geworden und ernsthaft erbost.
Daraufhin taten wir, was Kniesel und ich schon einmal hatten tun müssen und was für uns langsam zur Routine wurde: fliehen. Auch für Horst war das keine völlig ungewohnte Situation, schließlich war er einst aus seinem Wohnheim getürmt. Wir alle wussten, was zu beachten war. Jeder Handgriff saß, die Planung der Flucht bereitete uns keine Kopfschmerzen mehr.
Kniesel, Horst und ich packten die Koffer und verschwanden des Nachts über die grüne Grenze nach Hessen, um von dort aus nach Hannover zu reisen, wo wir uns inzwischen wieder halbwegs blicken lassen konnten.

Doch zwei Dinge von uns sind in Heidelberg geblieben: Die Erinnerung an uns und die riesige, nie versiegende Mineralölpfütze am Neckar, die vom Volksmund inzwischen allgemein als Aral-See bezeichnet wird.

So ein Zirkus

Wir waren wieder zu Hause. Auf dem Bahnhof von Hannover angekommen, atmete ich tief ein. Heimatluft. Sie hatte sich nicht verändert. Auch Kniesel war ganz gerührt, wieder daheim zu sein. Nur der Grottenolm Horst stand ein wenig verlegen herum und vergrub die Hände in seinen weitläufigen Hosentaschen. Für ihn hatte Hannover keinen Erinnerungswert, er betrat hier Neuland.

Wir waren gespannt, wie wir wohl aufgenommen würden, wir hatten Hannover damals ja nicht ganz freiwillig und mit erheblichen Nebengeräuschen verlassen.

Doch eigentlich lief es ganz gut. Zwar hatte Kniesel weiterhin Hausverbot in den Herrenhäuser Gärten, und einige Mitglieder des Katzen-Kultur-Klubs gingen ihr – wahrscheinlich aus Scham, weil sie ihr damals nicht geholfen hatten – aus dem Weg, aber wir wurden in Ruhe gelassen.

Ich traf nach langer Zeit alte Freunde wieder, die noch immer hier wohnten. Zwar hatte ich damals, als Kniesel bei mir eingezogen war, angefangen, mich abzukapseln, aber einige hatten mich dennoch nicht vergessen und freuten sich, mich zu sehen. Einmal begegnete ich in der Straßenbahn sogar Inkompetentia Becker, die mich flüchtig anlächelte.

Bei Kniesel war das alles nicht ganz so einfach. Sie wurde zwar von ihren alten Bekannten freundlich behandelt, aber auch sehr distanziert. Ich glaube, sie war nicht wirklich vermisst worden. Wahrscheinlich war einfach zu viel passiert.
Kniesel spürte diese Kälte natürlich, wollte sie aber einfach nicht wahrhaben. Deshalb wollte sie sich an ihrem Geburtstag selbst beweisen, wie beliebt sie war.
Am dritten Juli stand ihr großer Tag an. Er stand zum wiederholten Male an. Da sie eine sehr eitle Katze war, wollte sie mit ihrem genauen Alter nicht herausrücken. Angeblich wurde sie seit diversen Jahren neun.
Ich möchte nicht ungalant sein, aber rein von der Optik her lag Kniesels Alter eher bei neunzehn. Aber jetzt werde ich zynisch, im Grunde weiß ich ja, dass sie damals zwölf wurde. Ich hatte ihre Geburtsurkunde gelesen, und da stand ihr genaues Alter drin. Und da manchmal auch mir der Schalk im Nacken sitzt, hatte ich eine Idee. Ich musste selber lachen über das, was ich vorhatte.
Gut, dass Kniesel sich fürs Tagesgeschehen nicht interessierte.
Und gut, dass sie nicht wusste, dass ich ihr Alter kannte.

Und noch besser, dass sie nicht wusste, dass ich all ihren Freunden und Feinden in Hannover aus einer Sektlaune heraus unter dem Siegel der Verschwiegenheit ihr wahres Alter verraten hatte.
Und allen Nachbarn.
Und allen zufällig in den letzten Tagen vorbeigekommenen Passanten.
Und dem Regionalfernsehen.
Im Internet können Sie es immer noch nachlesen.
Ach ja, dass man auch beim Radio informiert war, sollte sie auch noch erfahren. In unserem bevorzugten Radiosender gratulierte man ihr - übrigens zum dreizehnten Geburtstag, diesen Scherz wollte ich mir gönnen (ich hatte auch versucht, eine Fernsehgala zu ihren Ehren anzuregen, aber denen war Kniesel irgendwie nicht bekannt genug).
Kniesel hatte nicht eingeschaltet, erfuhr von der Sache aber von Horst. Er hatte die Sendung gehört und ihr daraufhin dreizehn Rosen geschenkt. Ihre Begeisterung hielt sich ziemlich in Grenzen.

Kniesel hatte den gesamten hannoverschen Schützenplatz gemietet und darauf fünfundvierzig Festzelte stellen lassen. Es spielten die NDR-Bigband und ihr Kumpel Seidelbast, der grönländische Folklore vortrug.
Zwei Stunden nach Beginn des Spektakels erschien ich.
Trotz der von mir geschaffenen Öffentlichkeit war ich, wie es schien, der einzige Gast. Kniesel war lange nicht so beliebt, wie sie dachte. Für viele, die sie als Freunde

bezeichnete, war sie nur eine entfernte Bekannte. Deshalb waren sie auch nicht zu ihrem Geburtstag erschienen.
Ich war stolz auf mein tolles Geschenk. Um sie für meinen derben Scherz zu entschädigen, hatte ich ein besonders großzügiges Präsent besorgt. Ein Flohhalsband aus purem Gold.
Ich überreichte ihr mit großer Geste und wichtiger Miene das prächtig in der Sonne glänzende und blitzende Flohhalsband. Schon seit Tagen freute ich mich auf ihr freudig überraschtes Gesicht.
Doch Kniesel trat einen Schritt zurück, wehrte das Geschenk mit der Pfote ab und sagte mit sauertöpfischer Miene: »Kann ich nicht gebrauchen. Horst hat mir gesagt, dass *du* überall rumerzählt hast, ich wäre dreizehn geworden. Unverschämtheit! Mach dich vom Acker, aber flott!«
Ich stand da wie angewurzelt.
Als Kniesel merkte, dass ich nicht ging, griff sie in ihr zerzaustes grau getigertes Fell und holte ein winziges Wesen hervor. Es zappelte, und ich erkannte in ihm einen Floh.
»Das ist Flohrian«, sagte Kniesel. »Mit ihm und den anderen Mitbewohnern meines Fells mache ich mich selbständig und einen kombinierten Floh- und Zeckenzirkus auf.«
Flohrian nickte und grinste dabei unglaublich dämlich, aber von einem Bewohner des Körperhaares meiner Katze hätte ich auch nichts anderes erwartet.
Nicht, dass Sie jetzt denken, ich hätte grundsätzlich Vorurteile gegenüber Insekten oder anderen Kleinstlebewe-

sen, aber in dieser feierlichen Situation fand ich seinen Auftritt mehr als unangemessen.
»Flohrian wird mit seiner Partnerin Flohrentine auf dem Hochseil tanzen.«
Während Kniesel in ihrem Fell erfolglos nach Flohrentine suchte, wollte ich vor Scham im Boden versinken. Das konnte doch nur schiefgehen. Ich spielte mit dem Gedanken, mich von meiner Katze loszusagen und in der Öffentlichkeit so zu tun, als ginge mich die ganze Sache gar nichts an. Aber das brachte ich nun auch wieder nicht fertig. Schließlich mochte ich Kniesel.
Sie hatte noch mehr in ihrem Fell. Flotho, Miesepeter, Ziegenpeter, Wackelpeter, Ahmet, Adam, Anatol, Bernd, Botho, Eberhard und so weiter. Als Kniesel dann auch noch den inzwischen auch in ihrem Fell weilenden Horst zutage förderte, der mich schuldbewusst anblickte, verließ ich den Ort des Geschehens zügig, aber gemessenen Schrittes. Sollte sie sich eben aus Trotz in ihr Unglück stürzen.

Kniesel zog vorübergehend aus, da sie mit ihren Zirkusvorbereitungen wirklich alles durcheinanderbrachte und ich mir das dieses Mal nicht mehr bieten lassen wollte, denn ich hatte doch ein wenig hinzugelernt. Außerdem hatte sie meinen zugegebenermaßen etwas ungalanten Scherz über ihr Alter sehr persönlich genommen, und das hatte unser Verhältnis dermaßen belastet, dass auch ihr ein Tapetenwechsel als das Sinnvollste erschien. Sie war

mit Horst recht schnell in einem Wohnheim für Künstler aus dem Pelztiermilieu untergekommen, aber durchaus mit der Option, bei Änderung ihres Verhaltens und natürlich ihrer eigenen Bereitschaft, mir zu verzeihen, zu mir zurückzukehren.
Ich behielt die Sache von Weitem im Auge. Und bei aller Skepsis muss ich doch sagen, dass ich Kniesels Hartnäckigkeit und Geradlinigkeit bewunderte. Sie trainierte mit ihren Schützlingen elf Stunden am Tag, und tatsächlich wurden Fortschritte sichtbar. Wenn auch auf niedrigstem Niveau.
Nimmt man zum Beispiel die Hochseilakrobatik von Flohrian und Flohrentine, so lag – meiner Einschätzung nach – die Attraktivität und der Schwierigkeitsgrad des Programms auf einer Skala von null bis zehn ungefähr bei null. Einige Wochen später schon bei 0,175328.
Auch die angebliche Raubtierdressur der schlafmützigen Zecke Olaf mit einem noch trantütigeren Pantoffeltierchen riss mich nicht vom Hocker. Die einzig wirkliche Attraktion war Horst, der Geschichten aus seiner glorreichen Vergangenheit erzählte und sich dabei mit einer Blockflöte begleitete.
Doch Kniesel ließ sich nicht abhalten und feilte Tag und Nacht an ihrem Programm. Sie war stetig übermüdet und hatte tiefe dunkle Ränder unter den Augen, die unter dem Fell hervorschimmerten. Den ganzen Tag lief sie mit Hunderten von verknickten Zetteln herum, auf denen sie neue Ideen notierte und alte strich. Sie war fürchterlich

hibbelig, und schon Kleinigkeiten konnten sie in Rage bringen. Auch ihr charakteristisches Niesen wurde heftiger und klang aggressiver.
Die Leistungen ihrer Schützlinge verbesserten sich etwas. Trotzdem wurde klar, dass die Bewohner ihres Fells langsam die Nase voll hatten. Flohrian, der eine Art Aktivensprecher darstellte, intervenierte stündlich bei Kniesel, wenn ihm wieder Ausraster ihrerseits zu Ohren gekommen waren. Eigentlich hatte Kniesel den Fortbestand ihres Projekts nur Horst zu verdanken, der mit seiner guten Laune und seinem Einfühlungsvermögen die Truppe bei der Stange hielt und vieles relativieren konnte. Kniesel war sogar so weit gegangen, die bauchtanzende Flohdame Helga als »Schwabbel« zu bezeichnen, womit sie nicht nur faktisch, sondern auch vom psychologischen Feingefühl her völlig falsch lag. Den Feuerschlucker Flotho setzte sie dermaßen unter Druck, dass dieser aus Versehen schon im Begriff gewesen war, seine Fackel in die nun wirklich völlig falsche Körperöffnung einzuführen. Gut, dass Horst gerade in der Nähe gewesen war und mit blitzschneller Reaktion und einem vorsichtshalber in der Nähe gelagerten Feuerlöscher Schlimmeres verhindern konnte.
Es rumorte gewaltig hinter den Kulissen, zumal auch die Bezahlung der Artisten überhaupt nicht geregelt war. Da war Kniesel natürlich im Vorteil, denn aufgrund der bestehenden Wohnsituation hatte sie alle Karten in der Hand. Und sie spielte sie aus.
Als Helga einmal vorzeitig die Probe verließ, weil sie von

Kniesel wieder mal übelst beleidigt worden war, schmiss diese sie einfach raus. Helga musste die ganze Nacht im Fell eines ungewaschenen, schlecht riechenden Straßenköters verbringen, der ihr zu allem Unglück auch noch viertelstündlich unsittliche Angebote machte. An Schlaf war da natürlich nicht zu denken. So stand sie also am nächsten Morgen weinend vor Kniesel, die sie nach einer Standpauke wieder aufnahm und so wieder mal recht bekam. Alle waren empört, aber keiner wagte es nach diesem Vorfall noch, sich zu wehren.
Was die Arbeit betraf, konnte man allerdings gewisse Fortschritte nicht verleugnen. Die Nummern wurden tatsächlich besser, und man sah sich für die Premiere, die am fünfzehnten August stattfinden sollte, bestens gerüstet.

Als der große Tag gekommen war, deutete bereits alles auf einen Erfolg hin. Die gute Werbung hatte gewirkt. Kniesel hatte Postwurfsendungen an alle niedersächsischen Haushalte geschickt und außerdem Anzeigen in allen großen Zeitungen des Landes geschaltet. Das Zirkuszelt, das am Schützenplatz stand, war ausverkauft. Tausende von potenziellen Zuschauern mussten draußen bleiben, weil für sie kein Platz mehr war. Viele der Glücklichen, die eingelassen wurden, hatten sich Eintrittskarten gesichert, indem sie schon Tage vor der Premiere ihre Zelte vor den Kassenhäuschen aufschlugen und dort schliefen. Ein Vorverkauf hatte aus organisatorischen Gründen nicht stattfinden können.

Auch ich war gekommen, gemeinsam mit meinem alten Freund Koberstein, der sich während der Vorstellung ständig Notizen zu längst vergangenen Langstreckenläufen machte, deren Zeiten er wohl kaum noch steigern würde, und meiner liebreizenden Freundin Zarah. Beide hatte ich überraschend wiedergetroffen. Sie stammten aus einem völlig anderen Leben: aus unserer gemeinsamen Studienzeit. Einem Leben, das mir zu dieser Zeit unvorstellbar weit entfernt und irgendwie unwirklich erschien, einem Leben ohne Kniesel. Es liegt mir fern, an dieser Stelle zu übertreiben, aber damals habe ich Koberstein bei gemeinsamen Langstreckenläufen bitterste Niederlagen zugefügt, die er mit Sicherheit niemals vergessen wird. Deshalb nahm ich mir vor, besonders freundlich zu ihm zu sein. Zarah, bestimmt eine der zehn besten Keksköchinnen Westeuropas, wenn nicht des ganzen Kontinents, hatte uns für die Vorstellung mit knapp achtzehn Kilo ihrer bevorzugten Sorte versorgt (Kokosmakronen), die dann zu ihrer eigenen Überraschung auch noch für die restlichen achthundert Zuschauer ausreichten. Den Lärmpegel senkt so eine Verteilungsaktion natürlich nicht. Eher im Gegenteil.

Die Vorstellung wurde ein Feuerwerk der Akrobatik. Flohrian und Flohrentine tanzten auf dem Hochseil wie junge Götter und sahen in ihren hautengen Kostümen bezaubernd aus – was für die mit megastarken, teleskopartigen Ferngläsern ausgestatteten Zuschauer mikroskopisch genau zu erkennen war.

Horst glänzte als Komiker der allerfeinsten Sorte, und seine Geschichten und Wortspiele, teils augenzwinkernd, teils heftig und derb, rissen das Publikum zu Lachsalven und Beifallsstürmen hin. Als Horst verabschiedet wurde, trampelten die Zuschauer dermaßen enthusiastisch mit den Füßen, dass man die Erschütterungen noch im knapp zwanzig Kilometer entfernten Bad Nenndorf spüren konnte.
Flotho, der Feuerschlucker - inzwischen längst aus dem Krankenhaus entlassen -, lief zur Hochform auf, Helga bezauberte alle mit ihrer Grazie, und selbst der dösige Olaf zeigte eine Pantoffeltierchendressur der Extraklasse. Kniesel moderierte das Programm so gewandt und witzig, wie ich sie noch nie gesehen hatte. Der Erfolg überstrahlte den ganzen Ärger der Vorbereitungszeit. Der einzige Wermutstropfen, den ich erkennen konnte, war Kniesels ständiges lautes Niesen, das sie aber elegant ins Programm einbaute. Zum Schluss stellte sie unter den anfeuernden Rufen des Publikums einen inoffiziellen Weltrekord in der Disziplin »Dauerniesen in Orkanstärke« auf. Der Rekord war leider deshalb nur inoffiziell, weil sich im Zelt niemand vom Guinness-Buch der Rekorde befand, der die Leistung hätte bestätigen können.
Nach dem glamourösen Abend besuchten Koberstein, Zarah und ich noch lange die verschiedensten Lokale der hannoverschen Altstadt und begossen Kniesels Erfolg mit Litern von Rotwein und Jägermeister alkoholfrei. Von Letzterem hat man morgens keine Kopfschmerzen,

wie mir Appendix Beckmann damals in Heidelberg beigebracht hatte.

Doch manchmal lässt das Schicksal ein richtiges Happy End nicht zu. Als ich Kniesel eine Weile später im Wohnheim besuchte, erschrak ich.
Sie war in Tränen aufgelöst und am ganzen Körper kahl rasiert. Das furchtbare Niesen, das man ständig hörte, entsprang einer Katzenhaarallergie. Kahlschlag war das einzige Mittel gewesen, um ihr ein halbwegs erträgliches Leben zu ermöglichen.
Die Bewohner ihres Pelzes mussten natürlich ausziehen und zerstreuten sich in alle Winde. Die Idee des kombinierten Floh- und Zeckenzirkus war gestorben, was inzwischen selbst ich schade fand.
Einzig geblieben war ihr treuer Freund Horst, der sie immer wieder aufbaute. Auch mit Hilfe seiner Physis, denn als Grottenolm besaß er naturbedingt kein einziges Körperhaar.
Um Kniesels Leiden wenigstens etwas zu mildern, durchwühlte ich meinen Keller und fand das alte Brusthaartoupet wieder, das ich in meiner Jugend öfter als nötig getragen hatte. Dieses trug Kniesel eine Zeitlang um den Körper, ohne damit wirklich gut auszusehen.
Daraufhin ließ ich ihr zu einem horrenden Preis ein Ganzkörpertoupet aus gefärbtem Biberfell anfertigen, das ihrem alten Fell täuschend ähnlich sah.
Und von da an konnte Kniesel, die jetzt fast attraktiver als

früher war, wieder lachen und wurde so nach und nach ganz die Alte. Sie verzieh mir den Geburtstagsscherz und zog mit einer feierlichen Zeremonie wieder bei mir ein.

So war eigentlich wieder fast alles in guter, gewohnter Harmonie. Nur manchmal, wenn Kniesel an ihren gloriosen Zirkuserfolg zurückdachte, legte sich ein Schleier der Melancholie über ihre Augen.

Der Pelztierverleih

Nach wenigen Monaten waren die Einnahmen aus der Zirkusvorstellung verbraucht und auch das Geld, das ich einst im Stadtpark vergraben hatte, war längst zur Neige gegangen. Ich hatte keine Arbeit und wir damit keine Einnahmequelle. Finanziell stand uns das Wasser bis zum Hals und wir brauchten dringend eine Idee, um an Geld zu kommen. Und zwar eine gute Idee.

Wir setzten uns also alle drei zusammen und überlegten, was wir tun sollten.

Horst, der ein großer Asterix-Fan war, schlug einen Fischverleih vor, aber so etwas funktioniert nicht einmal im Comic. Aber die Idee, etwas gegen Gebühr zu verleihen, fanden wir alle gut. Ich schlug einen Fahrradverleih vor, aber dann fiel mir ein, dass ich ja nur ein einziges besaß. Kniesels Fahrrad zählte ich nicht, es war viel zu klein und hatte peinlicherweise Stützräder, während sich Horst ja bekanntermaßen nur auf seinem Skateboard fortbewegte.

Neue Fahrräder zu kaufen wäre zu teuer gewesen, also schied auch diese Lösung aus.
Lange beratschlagten wir, bis Kniesel plötzlich einen Geistesblitz hatte.
»Mach doch einfach einen Pelztierverleih auf«, sagte sie. »So etwas gibt es noch nicht, und ich kenne einige, die liebend gerne für uns arbeiten würden.«
Die Sache war schnell beschlossen. Pelztiere kannten wir hier in Hannover jede Menge, und sie waren tatsächlich alle bereit, sich ein paar Euro oder wahlweise Mohrrüben oder Trockenfutter hinzuzuverdienen. Schon bald eröffneten wir die erste Pelztierverleihagentur weltweit.

Unsere kleine Wohnung in der Hildesheimer Straße wurde unser Büro.
Kniesel, Fred, Seidelbast und Anatevka arbeiteten wahlweise als Perser-, Karthäuser- oder Siamkatzen. Ein auf 400-Euro-Basis eingestellter Maskenbildner war in der Lage, die Tiere derart herzurichten.
Auch der Hase Hans-Herakles und sein Kumpel Olli arbeiteten bei uns, genau wie der Hamster Hennes und die Marderin Abigail, die ich aber schon sehr bald entlassen musste, da sie in Verdacht geriet, mit einer Gruppe von Autokabelzerstörern in Kontakt zu stehen.
Außerdem hatten wir einen Hermelin namens Herbert und den Nerz Nobby, die Pudeldame Peggy sowie den Kampfhund Bodo im Angebot. Kniesels ehemaliger Patient hatte sich mit der Zeit unglaublich gemacht und hielt in der

Region viel diskutierte Vorträge über Depressionen und Angsterkrankungen aus Sicht eines Betroffenen. Doch im Moment hatte er einen kleinen finanziellen Engpass, weshalb er gern bei uns aushalf.
Ein wenig aus der Art schlug der Pinguin Pele. Er hatte eines Tages vor der Tür gestanden (das schien sich zur allgemein üblichen Tiermethode zu entwickeln, um bei mir einzuziehen) und um Asyl gebeten. Seinen ungewöhnlichen Namen hatte er übrigens nicht nach dem brasilianischen Weltstar, sondern weil seine Eltern bei seiner Geburt große Fans von Pele Wollitz, dem legendären Mittelfeldregisseur des Vfl Osnabrück, gewesen waren. Anfangs hatte ich noch gedacht, man könnte Pele als Braunbär vermieten oder Königstiger, aber so gut war unser Maskenbildner nun auch wieder nicht.
Pele wohnte im Kühlschrank und wurde schnell wichtig für uns, denn er war eine Seele von Tier. Gern reichte er uns aus seiner Behausung kalte Getränke, Aufschnitt und Eiswürfel. So hatte auch er seine Berechtigung, bei uns beschäftigt zu sein. Luft bekam er in seinem Kühlschrank über einen durch die Tür gesteckten Strohhalm. Ein Strohhalm wird in diesem Kapitel auch noch einmal eine wichtige Rolle spielen. Aber ich schweife schon wieder ab.

Das Geschäft boomte. Einsame alte Damen liehen sich eine Katze für zehn Euro pro angefangene Stunde, junge Männer führten Peggy oder Bodo aus, um auf dem

Spaziergang die Bekanntschaft junger Frauen zu machen, und der Hamster Hennes war vor allem bei Kindern sehr beliebt.
Und eines Tages bekamen wir einen besonderen Auftrag. Er betraf den Hermelin Herbert.
In der Stadthalle sollte ein großes Fest stattfinden, zu dem die gesamte Hautevolee der Stadt eingeladen war.
Geladen war auch die Gräfin von Enschede-Steinfurt. Leider hatte sie ein Problem. Garderobenmäßig war sie eigentlich optimal ausgestattet. Nur eins fehlte ihr zu ihrem Glück: ein Hermelinkragen zu ihrem Pelz. Sie hatte die bekanntesten Kürschner der Region um Hilfe gebeten, doch keiner der ihr angebotenen Kragen sagte ihr zu.
Durch einen Tipp hörte sie von meinem Pelztierverleih.
Und ich hatte die richtige Idee: Für die Feier sollte sich Herbert um ihren Hals legen und tot stellen. Das konnte er hervorragend. Auch mich hatte er einige Male damit erschreckt. Gleichzeitig konnte er der Gräfin bei dieser Gelegenheit auch noch den Hals mit seiner körpereigenen Wärme angenehm temperieren, was natürlich Aufpreis kostete. Für den gesamten Abend sollten wir fünfhundert Euro bekommen, das hatte ich so ausgehandelt. Schließlich war Herbert ein Luxus-Pelztier.

Zunächst ging alles gut. Als Herbert abgeholt wurde, waren er, die Gräfin und ich bester Dinge. Was dann geschah, weiß ich nur aus Erzählungen.
Herbert stellte sich vorbildlich tot, und die Gräfin von

Enschede-Steinfurt wurde mit Komplimenten für ihre Garderobe nur so überschüttet. Doch wenn Herbert unbeobachtet war, tunkte er einen Strohhalm, den er sich von Pele geliehen hatte, in die Gläser anderer Gäste und nahm einen ordentlichen Schluck.
Irgendwann hatte er sich genug Mut angetrunken, um einen Schritt zu gehen, den er sich sonst nicht zugetraut hätte. Er blinzelte der nächstbesten, neben der Gräfin stehenden Blondine zu und sagte in laszivem Tonfall: »Hey, Babe! Wie wär's mit uns?« Ohne ihre Reaktion abzuwarten, legte er nach und flüsterte ihr mit sonorer Stimme ins Ohr: »Deine Eltern müssen Diebe sein ...« Hier machte er eine bedeutsame Pause, um kurz darauf fortzufahren: »Sie haben die Sterne vom Himmel geholt und in deine Augen getan!« Das hatte er in dem Flirtbuch für Anfänger gelesen, das ich leider in der Wohnung offen liegen gelassen hatte.
Die Blondine, die mit einiger Verzögerung realisiert hatte, dass ihr soeben der Pelzkragen von Gräfin Enschede-Steinfurt Avancen gemacht hatte, geriet in Panik und stieß einen gellenden Schrei nach dem anderen aus.
Es gab einen ziemlichen Tumult, bei dem Herbert so schnell wie möglich die Flucht antrat, als er erkannte, dass er sein Ziel – wenn auch aus ihm nicht verständlichen Gründen – wohl nicht mehr erreichen würde.

Für uns war das alles natürlich eine Katastrophe. Eine schlechtere Werbung hätten wir nun wirklich nicht bekommen können.

Die Gräfin setzte alles daran, dass sich von nun an kein Kunde mehr zu uns verirrte (wenn man von dem Bekloppten absah, der Kniesel ausstopfen lassen wollte). Herberts Ausfall war noch lange Zeit das Gesprächsthema Nummer eins in Hannover, das die Tagespresse genüsslich ausschlachtete.

Wir mussten schon bald den Maskenbildner und fast alle Tiere entlassen, sodass am Ende nur noch Kniesel und ich übrig blieben. Pele zog wieder zu seinen Eltern, die in Badenstedt in einem riesigen Kühlhaus residierten und somit genug Platz für ihn hatten.

Und Horst?

Horst erreichte eines Tages ein Anruf aus dem Sauerland. Am Apparat war der Trainer der Olpe Octopusses. Sein bester Catcher hatte sich beim Brombeerenpflücken beide Arme gebrochen und fiel deshalb monatelang aus. In der Geschichte der Octopusses hatte es nur einen einzigen ähnlich guten Fänger gegeben, und das war Horst gewesen. So hatte sich der Trainer seine Handynummer besorgt und ihn angerufen.

Es war also doch nicht alles gelogen, was Horst uns erzählt hatte, und für kurze Zeit fragte ich mich, ob er vielleicht doch Amerika entdeckt hatte. Wie dem auch sei, Horst war jedenfalls direkt Feuer und Flamme und sagte den Octopusses spontan zu.

So mussten wir uns von ihm verabschieden, so schwer uns das auch fiel, aber er versprach, uns in der spielfreien Zeit zu besuchen.

Einen Gewinner in der unangenehmen Geschichte mit Gräfin von Enschede-Steinfurt gab es zum guten Schluss aber tatsächlich noch: Herbert. Nur kurze Zeit nach dem Skandal zog er bei Elfriede, der attraktiven Blondine von der Party, als Haustier ein. Er hatte sie beim Joggen am Maschsee wiedergetroffen, und sie war, nachdem sie sich von ihrer Panik erholt hatte, vor allem von den tollen Sprüchen begeistert, die er kannte. Das Flirtbuch für Anfänger verkaufte ich ihm für einen nicht zu knappen Preis, zusammen mit dem Knigge, den mir Friedlinde dereinst geschenkt hatte.

Himmlische Weihnachten

So wurde es Weihnachten. Unser sechstes gemeinsames Weihnachten. Kniesel und ich feierten wie immer gemeinsam und zu zweit. Na ja, wie fast immer. Wir waren schon ein wenig traurig bei dem Gedanken, dass wir letztes Jahr noch mit Horst und Friedlinde zusammengewohnt und vor allem gefeiert hatten. Friedlinde hatte damals eine köstliche Weihnachtsgans zubereitet und auf dem mit Kerzen geschmückten Tisch serviert. Kniesel und Horst hatten beim Plätzchenbacken den Ofen in Brand gesetzt und ich hatte mir beim Christbaumschmücken zwei mittlere Bandscheibenvorfälle zugezogen. Doch inzwischen hatte sich das alles verklärt, und es erschien uns wie das schönste Weihnachtsfest unseres Lebens. Erst jetzt merkten wir, wie sehr wir die beiden vermissten. Niemand war da, der meine Essmanieren monierte, wie Friedlinde es getan hatte, und niemand rülpste »Ihr Kinderlein kommet«, wie es Horst auf so unnachahmliche Weise gekonnt hatte.

Doch gerade, weil wir alleine waren, wollten wir es uns besonders schön machen.
Die Stimmung war festlich, Kerzen erhellten die Räume und der Geruch nach Weihrauch schwängerte die Luft. Ich hatte auf dem nahe gelegenen Weihnachtsmarkt heiße Maronen und gebrannte Mandeln erstanden, und die Küche duftete köstlich nach selbst gebackenen Plätzchen und Lebkuchen.
Und doch war etwas anders. Es gab keine wirklichen Anzeichen. Es war nur ein Gefühl.

Heiligabend um acht war Bescherung.
Der Baum war wie immer liebevoll geschmückt. Ich hatte Kniesel wie immer ein neues Flohhalsband geschenkt, und Kniesel hatte mir wie jedes Jahr einige tote Mäuse hingelegt. Auch dieses Jahr lobte ich sie sehr und ekelte mich rein innerlich. Auch Kniesel machte gute Miene zum bösen Spiel, bedankte sich freundlich und ließ das Flohhalsband wie all die anderen zuvor und ohne Klagen über ihre Zirkusdirektorenzeit in einer Schublade verschwinden.
Wir hörten gerade das Weihnachtsoratorium, als es an der Tür klopfte.
Da die Klingel seit längerem ausgefallen war, überraschte uns das Klopfen nicht. Überraschend war der Zeitpunkt.
Ich öffnete.
Ich wunderte mich nicht, dass wieder ein Tier vor der Tür stand, das war für mich längst zur Routine gewor-

den. Überraschend war der Anblick des Tieres. Ich traute meinen Augen nicht. Ich rieb sie verwundert und schaute noch einmal hin: Vor mir stand ein graublauer Kater. Mit himmelblauen Augen. Und Flügeln. Er hatte eine leichte Alkoholfahne und eine rote Rose in der rechten Pfote. Verlegen nestelte er an seinem Fell herum.

»Ich hätte gerne die Kniesel gesprochen. Ich kenne sie aus einem Traum.«

Ich rief sie zur Tür.

Kniesel hatte keine Eile, da sie gerade zum wiederholten Male das Wasser austrank, in das ich den Tannenbaum gestellt hatte.

Als sie endlich erschien, fiel der fremde Kater ohne Vorwarnung direkt vor ihr auf die Knie, reichte ihr die rote Rose und hielt – vor Aufregung stotternd – um ihre Hand an. Er sei der Erzengel Göbelhoff, und als er meiner Katze einmal in einem gemeinsamen Traum im Himmel begegnet sei, habe er sich unsterblich in sie verliebt. Dann sei ja leider die Sache mit den Bohnen passiert, die er gar nicht so peinlich gefunden habe. Auch ihm seien Blähungen nicht fremd, sagte er. Aber Kniesel sei plötzlich verschwunden gewesen. Er habe wirklich alles versucht, um an ihre Adresse zu kommen. Habe Kontakte zu CIA, BND und KGB aufgenommen. Im Internet gesurft. Annoncen in allen großen Tageszeitungen der Erde aufgegeben. Habe sogar versucht, in der Sendung »Bitte melde dich« mit Jörg Wontorra nach ihr suchen lassen, doch die gebe es ja leider seit Ewigkeiten nicht mehr.

Aber wie der Zufall so will, trudelte er eines Tages auf seiner Wolke über Hannover. Er sah Kniesel, verfolgte ihren Weg, und sein Plan, sie anzusprechen, reifte und wurde schließlich konkret. Nach seiner heutigen Landung auf der Erde hatte er die Nähe zum hiesigen Weihnachtsmarkt genutzt, um sich mit einigen Gläsern Glühwein Mut anzutrinken.

Kniesel war ganz gerührt, dass ein Kater das alles auf sich nahm, nur um sie zu finden. Natürlich hatte sie diesen Traum nie vergessen. Nicht, wie abrupt und unrühmlich er geendet hatte, aber vor allem nicht die wunderbaren himmelblauen Augen, aus denen Göbelhoff sie jetzt wieder so unnachahmlich ansah und ihr Herz zum Schmelzen brachte. Auch sie reagierte verlegen, und unter ihrem Fell machte sich eine zarte Röte bemerkbar.

So war es meine Aufgabe, Göbelhoff wieder auf die Beine zu helfen und ihm einen Platz neben Kniesel auf dem Sofa anzubieten.

Weihnachten war ein Traum für die beiden, und zwar einer, aus dem sie nicht durch Erwachen vertrieben werden konnten. Sie waren auf Anhieb ein Herz und eine Seele. Göbelhoff als Gentleman alter Schule hielt Kniesel die Tür auf, half ihr vor dem Spaziergang, den wir gemeinsam durch die erleuchteten Straßen von Bothfeld machten, in den warmen Wintermantel und nahm ihr sogar dass Geschirrspülen ab.

Ich erkannte meine Katze nicht wieder. Aus der frechen,

lauten und gerne auch ein wenig ungehobelten Kniesel war eine anschmiegsame, romantische und liebenswürdige Dame geworden, die ihrem Angebeteten gegenüber einen Charme versprühte, den ihr wohl keiner zugetraut hätte, der sie vorher gekannt hatte. Von mir natürlich ganz zu schweigen.

Und wenn die beiden Pelztiere nicht miteinander flüsterten und lachten, dann erzählte Göbelhoff auch mir von seiner Heimat, dem Himmel.

So erfuhren wir, dass im Himmel nur Rätoromanisch und Remscheider Platt gesprochen wird und dass jeder bei Eintritt in die Himmelsatmosphäre automatisch in die Lage versetzt wird, diese Sprachen zu verstehen und akzentfrei zu sprechen.

Wir erfuhren, dass das Wetter im Himmel so warm wie auf Mallorca ist und dass wunderbar frohlockender Engelsgesang in der Luft liegt. Will man ihn einmal nicht hören, zum Beispiel, um zu schlafen, gibt es auf jeder Wolke die Möglichkeit, einen Knopf zu drücken, und man wird automatisch isoliert.

Kniesel hing an Göbelhoffs Lippen und schaute bewundernd und verliebt zu ihm auf, und dieser tat desgleichen, wenn sie von unseren Abenteuern in der deutschen Provinz erzählte. Man sah ihm deutlich an, wie sehr er Kniesel vergötterte.

Das Weihnachtsfest wurde so schön, wie ein Weihnachtsfest nur sein kann. Ich servierte Bratäpfel, stellte gebrannte Mandeln auf den Tisch, und Kniesel und Göbelhoff buken Plätzchen, die aufgrund der Geschicklichkeit unseres Gastes ohne vorherigen Unfallschaden auf den Tisch kamen. Ich hatte die Wohnung mit Tannenzweigen geschmückt und den Baum mit viel Lametta und bunten Kugeln. Göbelhoff hängte noch welche an die Spitze dazu (es ist schon gut, wenn man jemanden zur Hand hat, der fliegen kann). Alles war von warmem Kerzenlicht erleuchtet, man konnte Weihnachten förmlich riechen, schmecken und fühlen, so festlich war die Stimmung.

Am frühen Abend des zweiten Weihnachtstags standen die beiden plötzlich pfötchenhaltend vor mir.
Göbelhoff ergriff das Wort: »Wir müssen dringend mit dir sprechen«, sagte er.
Kniesel nickte mit dem Kopf.
Dann sprach sie selbst.
»Lieber Carsten, ich habe mich entschieden, dich zu verlassen und Göbelhoff in den Himmel zu folgen. Es fällt mir schwer, dich zurückzulassen, wir haben viel miteinander erlebt, aber jetzt hat die Liebe Vorrang. Eins habe ich aus der Sache mit den Flaschengeistern gelernt: Nutze deine Chancen, die meisten kriegst du nur einmal. Göbelhoff und ich werden im Himmel heiraten und wünschen uns ganz viele Kinder. Ich würde gerne eines nach dir benennen, aber Göbelhoff ist dagegen. Er meint, so toll ist dein Name nun auch wieder nicht!«
»Sicher«, sagte ich verständnisvoll, »heute heißen die Kinder Justin, Marvin oder Paul. Das passt besser.«

Kurz darauf machten sich die beiden auf meinem Balkon startklar. Göbelhoff hatte natürlich an Nierenschützer gedacht, denn warm wird es erst über den Wolken. Und für seine Kniesel hatte er sogar noch einen winzigen Sattel organisiert, damit sie auf dem Flug auch bequem saß.
Zum Abschied umarmte ich beide innig, und kurz vor dem Abflug drehte sich Göbelhoff noch einmal zu mir um.
»Wünsch dir etwas«, sagte er, »was du dir jetzt wünschst, wird in Erfüllung gehen!«
Dann entfaltete Göbelhoff seine mächtigen Flügel und hob ab.
Lange stand ich auf dem Balkon und winkte den beiden nach, bis sie nur noch ein ganz kleiner Punkt am Horizont waren.

Gerade, als ich mich umdrehte, klingelte es an der Tür.
Ich öffnete.
Dieses Mal stand kein Tier vor der Tür.
»Frohe Weihnachten«, sagte eine fröhliche Frauenstimme.
»Frohe Weihnachten«, antwortete ich, »komm ruhig rein, Inkompetentia. Ich habe noch Sekt im Kühlschrank!«
Wir redeten, lachten und tranken bis in die frühen Morgenstunden.
Und als ich gegen Abend wieder erwachte, war der Möbelwagen schon da gewesen.

Bedanken möchte ich mich bei

- *Ellen Hahn*, meiner guten Freundin, ohne die diese Geschichte nie entstanden wäre,
- der echten *Katze Kniesel*, ohne die mir kein vernünftiger Name für die Hauptdarstellerin eingefallen wäre,
- *Oliver Uschmann*, ohne den dieser Text nie seinen Weg gefunden hätte,
- *Susanne Halbleib*, ohne die aus diesem Manuskript kein Buch geworden wäre.

Robert Gernhardt

Was deine Katze wirklich denkt

Band 16654

Vor Jahrtausenden hat die Katze dem Menschen das Privileg eingeräumt, sich von ihr beherrschen zu lassen, um im Gegenzug von ihm versorgt zu werden. Seit Jahrtausenden kommt der Mensch dieser Aufgabe nur unvollkommen nach: Hier läßt er es am nötigen Feingefühl fehlen, dort an der nötigen Aufmerksamkeit und nicht selten summieren sich solche Schnitzer und Patzer zu einer Haltung, für die sich das schlimme Wort Katzismus eingebürgert hat, jedenfalls in fortschrittlichen Katzenkreisen.

Wie der Mensch sich der Katze gegenüber korrekt verhält, das kann ihn nur die Katze selber lehren. »Schimmi« ist eine Katze, und sie nimmt kein Blatt vor den Mund. Das macht diese 13 Lektionen in Catical Correctness so wertvoll für jeden Menschen, der sich des eingangs erwähnten Privilegs würdig erweisen will: Das Tier hat gesprochen; Mensch, nimm und lies.

Fischer Taschenbuch Verlag

fi 16654 / 1

Oliver Uschmann

Hartmut und ich

Roman

Band 16615

Muss man Always immer tragen, nur weil sie so heißen? Darf man Fahrradfahrer auf offener Straße bewusstlos schlagen? Kann man schwer erziehbaren Katzen durch antiautoritäre Methoden zu einem besseren Leben verhelfen? Hartmut will es wissen! Der unglaubliche Roman einer unglaublichen Männer-WG.

»Saugut geschrieben und sehr witzig. Jetzt weiß ich, dass ich einen neuen Lieblingsautor habe und dringend eine Playstation brauche!«
Tommy Jaud

Fischer Taschenbuch Verlag

fi 16615 / 2

Oliver Uschmann

Voll beschäftigt

Roman

Band 17125

Sollen Katzen Playstation spielen? Dürfen Malocher die Fünf Tibeter üben? Kann man Akademiker erfolgreich dequalifizieren? Hartmut und ich wollen es wissen. Bochums tiefsinnigste Männer-WG macht Byzantinisten zu Bauarbeitern, Ingenieure zu Instandsetzern und Skandinavistinnen zu Ikea-Sekretärinnen. Ganzheitlich. Mit Jobgarantie. Der unglaubliche Roman einer unglaublichen Wir-AG. Mit Haustier.

»Nach dem Genuss dieses Buches bin ich kurz davor, ins Ruhrgebiet zu ziehen. Ich wusste bisher nicht, dass dort so weise Menschen leben.«
Bela B., Die Ärzte

»Der Weltverbesserer und sein Kumpel: ein geniales Duo!«
WDR

Fischer Taschenbuch Verlag

fi 17125 / 1

Rainald Grebe

Das grüne Herz Deutschlands

Mein Gesangbuch

Band 17536

Wo wohnt der Weiße Riese? Wachsen Blumen in Marzahn? Und warum sind Herzen grün?

Eine Deutschlandreise in Liedern und Bildern: von Thüringen bis zur Loreley, über den Atlantik an den Nil, vom Reihenhaus ins Auenland. Rainald Grebes Volkslieder sind Herz und Schmerz, sind Anarchie und Poesie. Zum Mitsingen und Selberzupfen alle Strophen, Noten und Akkorde. Und Jess Jochimsen dokumentiert die geheime und so noch nie gesehene Schönheit unseres Landes in seinen Fotografien.

»Wenn ich singe, fühle ich mich viel besser, als ich wirklich bin.«

Fischer Taschenbuch Verlag

fi 17536 / 1